KB114819

**조돈형 新무협 판타지 소설**
FANTASTIC ORIENTAL HEROES

# 장강삼협 12

조돈형 新무협 판타지 소설

초판 1쇄 찍은 날 § 2013년 8월 27일
초판 1쇄 펴낸 날 § 2013년 9월 3일

지은이 § 조돈형
펴낸이 § 서경석

편집부장 § 권태완
편집책임 § 박은정

펴낸곳 § 도서출판 청어람
등록번호 § 제1081-1-89호
등록일자 § 1999. 5. 31
어람번호 § 제2-2388호

주소 § 경기도 부천시 원미구 심곡2동 163-2 서경B/D 3F (우) 420-822
전화 § 032-656-4452   팩스 § 032-656-4453
http://www.chungeoram.com
E-mail § chungeorambook@daum.net

ISBN 978-89-251-3441-3 04810
ISBN 978-89-251-2574-9 (세트)

巫山三峽

조돈형 新무협 판타지 소설

[2부] 12

장강삼협

長江三峽

FANTASTIC ORIENTAL HEROES

청어람

第二十二章
몰려드는 군웅(群雄)

"어째 영감은 세월이 지나도 하나도 변하지 않는구려."

마치 친한 친구를 만난 듯 농을 던지며 손을 흔들어대는 능위.

두려움과 경외의 눈으로 능위를 보던 군웅들의 시선이 그를 따라 삼불신개에게 향했다.

대체 누가 천하의 능위에게 그런 대접을 받는지 궁금해하는 표정이었다.

"비켜라. 이놈아."

삼불신개가 잔뜩 긴장한 천목개의 옆구리를 쿡 찌르며 앞으로 나섰다.

군웅들은 삼불신개의 외침에 비로소 그들의 존재를 눈치 챘다.

"개, 개방의 방주?"

"사, 삼불신개다!"

설마하니 삼불신개가 자신들과 함께 있으리라곤 생각지 못한 군웅들이 깜짝 놀라 웅성거릴 때 삼불신개는 못마땅한 눈빛으로 능위의 전신을 훑고 있었다.

"변하지 않는 것은 그대도 마찬가지로군. 그 촌스런 옷차 림하며 능글거리는 웃음, 그리고 달고 다니는 똥덩이까지."

삼불신개는 능위의 주변에 은밀하게 은신하고 있는 사암 의 존재까지 완벽하게 파악하고 있었다.

"역시! 삼불 영감의 눈은 날카롭다니까. 그래도 어쩌겠소. 저 똥덩이가 대대로 이어져 내려오는 것이라 내 마음대로 할 수도 없으니. 나도 아주 골치요."

능위가 어깨를 살짝 들썩이며 웃음을 터뜨렸다.

과거의 능위에게선 볼 수 없었던 여유로움에 삼불신개의 눈빛이 살짝 변했다.

"많… 이 강해졌군."

"글쎄, 검선 영감한테 개망신을 당하고 그동안 많이 노력 은 했지만 강해졌는지는 잘 모르겠소. 그래도 삼불 영감이 그렇다면 그런 것이겠지만."

평소 스스로의 강함에 무한한 자부심을 가졌던 능위가 어울리지도 않는 겸양을 떨었다.

"조만간 술이나 한잔합시다."

"노부가 술을 입에 대지도 않는다는 것을 알면서 그러는 것인가?"

삼불신개는 능위가 자신에게 농을 던지는 것이라 여기며 못마땅해했다.

"하하! 실수했소. 술이 아니면 차라도 한잔 하든지."

"흥, 우리가 술잔을 기울일 사이는 아닌 것 같은데."

"너무 야박하게 굴지 마시구려. 그동안 알고 지낸 세월이 얼만데. 악연도 오래되다 보면 인연 아니겠소."

삼불신개는 능청을 떨어대는 능위의 행동과 말투가 영 마음에 들지 않았다.

그렇다고 웃는 낯에 침을 뱉을 수 없었기에 꾹 참고 말았는데 문득 얼마 전에 전해들은 이야기가 떠올랐다.

삼불신개의 얼굴에 수상쩍은 미소가 지어졌다.

"인연이라. 그래, 인연이라면 인연이겠지. 차 한잔이야 못 마실까. 듣고 싶은 얘기도 있고."

"듣고 싶은 얘기? 천하의 모든 소식을 손안에 꽉 쥐고 있는 삼불 영감이 내게 듣고 싶은 얘기가 뭘까나."

입가의 미소는 달리 삼불신개의 얼굴을 살피는 능위의 눈빛은 영활하게 움직이고 있었다.

"일전에 고생 좀 했다고 들었네. 생각보다 크게 당한 것 같지는 않은데 정보가 조금 과장된 것 같군."

삼불신개가 천목개를 보며 책망하는 듯 혀를 차자 눈치 빠른 천목개가 얼른 고개를 숙였다.

"죄송합니다, 사백. 제자들의 보고에 따르면 혈사림주를 보호하던 호위들의 상당수가 목숨을 잃었고 혈사림주 또한 그 과정에서 위중한 부상을 당했다고 들었는데 지금 모습을 보니 사백의 말씀대로 다소 과장된 것 같습니다."

"그러니까."

"그래도 그건 확실합니다."

"뭐가 말이냐?"

"무이산에 머물던 광의가 흔적도 없이 사라졌다는 것 말입니다. 참고로 그를 지키던 혈사림의 최.정.예.가 모조리 몰살을 당했다는 것도요."

천목개가 얼마 전 무이산에서 벌어진 일들을 군웅들에게 떠벌리고 있었지만 능위는 아무런 말도 할 수가 없었다.

삼불신개가 억지로 화를 참느라 붉으락푸르락하는 능위의 모습에 내심 쾌재를 부르며 은근한 어조로 물었다.

"대충 그런 정보가 입수되었는데 이것저것 도통 믿을 수가 있어야 말이지. 그게 사실인가?"

"알면서 그리 염장 지를 것 없소, 영감."

다른 곳도 아니고 개방에 거짓말을 해봐야 통하지도 않는다는 것을 알고 있던 능위가 잔뜩 빈정 상한 음성으로 대꾸했다.

"놀랍군. 천하의 혈사림주를 그렇게……."

삼불신개의 과장된 태도에 능위는 입술을 질끈 깨물었다.

"됐고. 아까 얘기한대로 조만간 차나 한잔합시다."

능위는 삼불신개와 더 말을 섞어봐야 짜증만 날 것 같다는 생각에 신경질적으로 발걸음을 옮겼다.

그런 능위를 보며 천목개와 삼불신개가 의미심장한 눈짓을 주고받았다.

안으로는 어떤지 몰라도 밖으로는 확실히 죽이 잘 맞는 그들이었다.

삼불신개에게 망신을 당한 능위가 유대웅과의 싸움에 패한 뒤 넋을 잃고 있는 편휴에게 다가갔다.

능위가 다가오자 유대웅으로부터 편휴를 보호하고 있던 혈영노괴가 한 걸음 물러났다.

"리, 림주님."

편휴가 능위를 발견하곤 두려움에 어쩔 줄을 몰라 했다.

"쯧쯧, 꼴이 말이 아니로군."

능위가 혀를 차며 편휴의 정수리를 타고 흐르는 피를 살폈다.

언뜻 보기엔 수하의 부상을 걱정하는 듯한 모습.

편휴는 등줄기가 서늘해짐을 느꼈다.

능위의 말은 그의 부상을 말함이 아니라 혈사림의 체면을 상하게 한 것을 질책하는 소리였다.

"소, 송구합니다."

편휴가 황급히 머리를 조아렸다.

"알면 됐다."

환하게 웃은 능위의 손이 편휴의 정수리를 잡았다.

"처음부터 나서지를 말던지."

능위의 손에 힘이 들어가자 편휴의 얼굴이 고통으로 일그러졌다.

"리, 림주님! 요, 용서를……."

"나섰으면 제대로 했어야지. 어디서 이런 개망신을 당해!"

차가운 외침과 동시에 편휴의 머리가 그대로 터져 나갔다.

시뻘건 핏물과 허연 뇌수가 사방으로 튀고 그 일부가 능위의 손을 더럽혔다.

호신강기로 얼굴과 몸통에 튀는 것의 접근은 막았지만 손이 더러워지는 것까지 막을 수는 없었던 능위가 짜증나는 표정으로 편휴의 시신을 집어던졌다.

이 많은 사람 앞에서 설마하니 자신의 수하를, 그것도 사십사군에 오를 정도로 뛰어난 편휴의 목숨을 거두리라 생각하지 못한 군웅들은 그야말로 경악을 금치 못했다.

그리고 두려움에 사로잡힌 군웅들의 시선은 곧 유대웅에게 향했다.

혈사림의 체면을 손상시켰다는 이유만으로 수하의 목숨을 거두는 능위의 성정상 그 원인이라 할 수 있는 유대웅을 가만히 두고 보지 않으리란 생각이었다.

능위가 유대웅을 향해 몸을 돌리자 혈영노괴가 슬쩍 앞을 가로막고 나섰다.

능위가 불쾌한 눈빛으로 바라보자 혈영노괴가 조심히 말했다.

"손님으로 이곳에 왔습니다. 노여움은 다음에……."

"쯧쯧, 노괴가 본좌를 너무 무시하는군. 설마하니 남의 잔칫상을 엎으리라 생각하는 건가? 걱정하지 마. 그냥 궁금해서 그런 것이니까."

"죄송합니다."

능위의 눈가에 은은한 혈광이 비치는 것을 확인한 혈영노괴가 얼른 비켜섰다.

"아무튼 쓸데없는 걱정들이 많아."

혈영노괴를 향해 쓴소리를 던진 능위가 유대웅을 향해 다가갔다.

"네가 혈랑을 저리 만든 놈이더냐?"

무림십강의 일인에 악명이 자자한 혈사림주.

능위의 등장에 나름 긴장을 하고 있던 유대웅이 피식 웃음을 터뜨렸다.

"저리 만든 것은 내가 아니라 당신이오."

"당… 신?"

능위의 입가가 뒤틀리며 눈가에 섬뜩한 살기가 순간적으로 나타났다가 사라졌다.

유대웅은 능위의 눈에서 번뜩인 살기를 정확하게 읽어내곤 바짝 긴장했다.

"당신이라. 크크크! 오랜만에 들으니 신선하구나. 화산파의 제자답게 건방이 하늘을 찔러. 사내놈이 건방을 떨려면 이쯤은 되어야지. 그래, 네놈 이름이 무엇이냐? 사부는 누구지?"

"청풍이오."

"그래. 청풍이로군. 청… 풍?"

대수롭지 않게 고개를 끄덕이던 능위의 시선이 혈영노괴에게 향했다.

입가에 지었던 웃음은 어느새 사라지고 없었다.

"노괴, 지금 내가 생각하는 것이 맞는 건가?"

"맞을 것입니다. 청풍이란 이름은 분명 화산검선 제자의 이름입니다."

"역시. 내 기억이 틀리지 않았군. 그러고 보니 덩치가 곰보다 크다고 했지."

유대웅의 전신을 훑는 능위의 눈빛은 먹이를 앞두고 있는 뱀의 눈빛과 다르지 않았다.

"그래도 모르니 다시 묻지. 네가 검선 영감의 제자냐?"

"그렇소."

유대웅이 어깨를 활짝 피며 말했다.

"크하하하하!"

능위가 난데없이 광소를 터뜨렸다

그의 웃음엔 주위에 있던 군웅들 중 상당수가 귀를 틀어막고 주저앉을 정도로 막대한 진력이 실려 있었다.

"좋구나. 천룡쟁투에서 다른 사람도 아니고 검선 영감의 제자를 만나게 되다니 말이다. 오길 잘했어. 안 그래, 노괴?"

능위의 물음에 혈영노괴는 별다른 대답을 하지 않았다.

애당초 대답을 기대하지 않았는지 능위가 곧바로 말을 이었다.

"검선 영감과 다시 한 번 검을 나누고 싶었는데 아쉽게 되었어. 그래도 천룡쟁투에서 검선 영감의 제자를 만나게 되었으니 조금 위안이 되는구나. 물러가라. 검선 영감의 얼굴을 봐서 오늘의 무례는 용서하마."

무례는 분명 혈사림이 먼저 한 터. 능위가 용서 운운하는 것이 마음에 들지 않았지만 더 이상 일을 확대시키고 싶지 않았던 유대웅은 크게 반발하지 않았다.

그렇게 소동이 일단락되려는 순간, 또다시 한 무리의 인원이 천무장에 도착하며 사그라졌던 불꽃을 피웠다.

"화산검선의 제자가 천룡쟁투에 참여한다는 것이 사실이오?"

사람들의 시선이 일제히 한곳으로 향했다.

각진 얼굴에 당당한 체구를 지녔고 구릿빛 피부와 울퉁불퉁한 근육으로 야생미를 한껏 드러낸 삼십 중반의 사내가 대감도를 등에 메고 당당한 걸음으로 걸어왔다.

"호오."

가소롭다는 듯 사내를 바라보던 능위가 그의 전신에서 뿜어져 나오는 강한 패기에 상당한 호기심을 보였다.

곁으로 다가온 혈영노괴가 말했다.

"마존의 대제자 적우입니다. 마황성의 후계자로 인정받는 녀석이지요."

"마황성?"

"그렇습니다."

능위의 눈에 기광이 번뜩였다.

"마황성의 적우가 혈사림주께 인사드립니다."

적우가 정중하게 예를 차렸다.

능위는 적우의 뒤에 시립하고 있는 무인들을 바라보며 입꼬리를 말아 올렸다.

"능구렁이 영감의 제자치고는 제법 예의가 바르군."

적우의 관자놀이가 순간적으로 꿈틀거렸지만 그뿐이었다.

만약 다른 사람이 마존에 대해 함부로 말을 했다면 당장 목을 쳤겠지만 상대는 혈사림주였다.

혈사림주의 입에서 욕지거리가 나와도 그는 아무것도 할 수가 없었다.

적우가 쓴웃음을 지으며 물러나자 고독검마와 옛날부터 악연이 깊었던 혈영노괴가 스산한 표정을 지으며 앞으로 나섰다.

"고독검마, 오랜만이다."

"누군가 했더니 혈영노괴로군. 그래, 모가지는 잘 붙어 있느냐?"

고독검마가 손가락으로 목을 긋는 행동을 하며 비웃음을 흘리자 혈영노괴의 얼굴이 무참하게 일그러졌다.

과거, 순간의 실수로 예기치 못한 패배를 당한 뒤 수하들의 희생으로 겨우 목숨을 건지고 보름이나 사경을 헤맨 기억이 떠올랐다.

혈영노괴가 참을 수 없는 치욕감에 온몸을 부르르 떨었다.

피가 나도록 입술을 깨물었고 검을 쥔 손등엔 지렁이처럼 굵은 심줄이 툭툭 솟아올랐다.

당장에라도 고독검마의 목을 잘라 지난날의 씻을 수 없는 치욕과 모욕을 되갚아 주고 싶었다.

그럼에도 함부로 움직이지 못한 것은 오롯이 능위의 존재 때문이었다.

"뭘 망설여? 노괴가 어떤 꼴을 당했는지 내가 알고 있는데. 눈치 볼 것 없어."

능위의 말에 간신히 억누르고 있던 혈영노괴의 분노가 폭발했다.

고독검마 역시 만반의 준비를 한 상태였다.

상대를 향해 서서히 다가가는 두 사람.

팽팽한 긴장감이 좌중을 짓누르고 다들 긴장된 눈으로 두 사람을 응시할 때 혈영노괴가 일직선으로 검을 뺏었다.

푸스스스.

검에 혈광이 일렁이는가 싶더니 무시무시한 기운이 고독검마를 노리며 짓쳐 들었다.

이형환위(移形換位)의 신법으로 혈영노괴의 공격을 피한 고독검마가 곧바로 반격했다.

섬뢰파황검(閃雷破荒劍).

고독검마라는 별호를 안겨준 절세의 검법이었다.

빠르기가 섬전과 같고 강맹하기는 우레와 같은, 부딪치는 것은 그 무엇이든 분쇄한다는 고독검마의 독문검법에 노출된 혈영노괴는 금방이라도 산산이 부서져 흔적도 없이 사라질 것 같았다.

하지만 혈영노괴 또한 섬뢰파황검에 못지않은 검법을 지니고 있었다.

빠르기는 섬뢰파황검보다 느릴지 몰라도 그 폭발력만큼은 오히려 한 수 앞선다는 혈무광천폭(血霧狂天暴)이 바로 그것이었다.

꽝! 꽝! 꽝!

일세를 풍미한 두 고수가 정면으로 충돌하자 그 여파는 실로 무시무시했다.

일진광풍이 주변을 휩쓰는 것은 물론이고 튕겨져 나온 충격파와 파편에 부상을 당하는 이들이 속출했다.

그러나 누구 한 사람도 그런 것에 신경 쓰지 않았다.

다른 곳도 아니고 무림을 삼분하는 마황성과 혈사림, 그리고 한 세대를 풍미한 고수들의 충돌이었다. 그들의 싸움을 눈앞에서 직접 구경할 수 있다는 것 자체가 영광이라면 영광이기 때문이었다.

하지만 유대웅은 그들의 대결을 마음 편히 즐길 수가 없었다.

난데없는 고독검마의 출현에 그는 지금 몹시 당황하고 있었다.

과거 그는 고독검마와 나름의 인연이 있었다.

시작이야 어찌 되었든 빙살음혈기를 몸에 심어 목숨을 위협했던 이자웅과는 달리 그는 유대웅에게 거력패웅의 무공을 건네주고 마황성을 찾아오라는 친절까지 베풀었다.

당시 얻은 거력패웅의 무공이 수하들의 힘을 키우는 데 얼마나 큰 도움이 되었는지 유대웅은 결코 잊지 않았다. 그래서 늘 고마운 마음을 지니고 있었지만 이런 상황에서 고독검마를 만나고 싶지 않았다.

하오문의 조작으로 현 무림에서 화산파의 청풍과 장강수로맹의 맹주와의 연결 고리는 사실상 끊긴 것이나 다름없었다. 하나 어릴 적 유대웅과 인연이 있던 고독검마는 예외였기 때문이었다.

'설마 그 작자도 온 것은 아니겠지?'

유대웅의 눈이 혈사림의 진영을 빠르게 훑으며 고독검마와 마찬가지로 자신의 정체를 제대로 알고 있는 철혈독심 이자웅의 모습을 찾았다.

'휴~'

다행히 그의 모습은 보이지 않았다.

'이를 어쩐다.'

절로 한숨이 흘러나왔다.

혈사림과 혈영노괴에 정신이 팔린 덕에 고독검마는 아직 자신을 제대로 살핀 것 같지 않았으나 발각되는 것은 시간문제였다.

어찌 상황을 모면해야 할지 판단이 서지 않았던 유대웅이 고심에 고심을 거듭하고 있을 때 정문을 지키는 이관 또한 땅이 꺼져라 한숨을 내쉬고 있었다.

'미치겠네.'

한 사람의 무인으로서 눈앞에서 펼쳐지는 대결은 분명 흥미롭고 놀라운 것이었으나 천무장의 정문을 책임지는 사람으로서 생각보다 일이 너무 크게 벌어지고 말았다.

'대체 연락이 들어간 지가 언제인데 아직까지 아무런 대응이 없단 말인가?'

답답함을 참지 못한 이관이 연신 정문 안쪽을 바라보았다.

유대웅과 편휴가 충돌할 때 전갈을 넣었다는 것을 감안하면 이미 무슨 조치가 취해졌어야 했는데도 그럴 기미가 전혀 보이지 않았다.

하지만 거기엔 그럴 만한 이유가 있었으니 유대웅과 혈사림이 충돌하고 있다는 말을 듣고 한걸음에 달려온 한호가 천무장의 개입을 막아버린 것이었다.

"쯧쯧, 이건 뭐 기대한 싸움은 벌어지지 않고 퇴물들끼리 푸닥거리나 하고 있으니."

정문 위에서 고독검마와 혈영노괴의 싸움을 지켜보던 한호가 짜증나는 표정을 지었다.

군웅들의 입을 쩍 벌리게 만들 정도로 치열하고 무시무시한 싸움이 그에겐 고작 푸닥거리에 불과한 것.

곁에 있던 사도연이 허탈한 웃음을 지었다.

'고독검마나 혈영노괴는 마황성이나 혈사림에서 다섯 손가락 안에 꼽히는 고수들이다. 이들의 싸움이 우습게 보일 정도면 장주는 대체…….'

"더는 못 봐주겠군."

한호가 사도연에게 고개를 돌렸다.

"이쯤에서 끝내도록 하지. 혈사림주도 아니고 그 밑에 퇴물들이 설치는 꼴이 영 마음에 들지 않는군. 천무장은 그리 만만한 곳이 아니라는 것을 보여줘."

"알겠습니다."

그렇잖아도 내심 답답한 마음이었던 사도연이 반색하며 검을 빼 들었다.

잠시 심호흡을 하며 내력을 운기한 사도연이 혈영노괴와 고독검마가 치열하게 싸움을 하는 곳을 향해 몸을 날렸다.

정문 위에서 그대로 내리꽂히는 거대한 강기.

군자팔검(君子八劍)의 다섯 번째 초식 파암단악(破岩斷岳)은 바위를 부수고 산을 쪼갠다는 이름 그대로 어마어마한 위력을 자랑했다.

　눈앞의 상대를 상대하느라 정신이 없었던 고독검마와 혈영노괴는 엄청난 파공성과 함께 머리 위로 떨어져 내리는 공격에 기겁하지 않을 수 없었다.

　정면으로 부딪친다고 해도 막을 수 있을지 장담할 수 없을 정도로 위력적인 공격을 기습적으로 당한 것이었으니 달리 어찌할 방도가 없었다.

　약속이라도 한듯 검을 거둔 두 사람이 필사적으로 몸을 날렸다.

　꽈꽈꽝!

　사도연이 발출한 강기가 바닥에 작렬하며 거대한 울림을 가져왔다.

　반경 오 장이 초토화되는 무지막지한 위력이었다.

　군웅들은 단 한 번의 공격으로 혈영노괴와 고독검마를 물러나게 한 사도연의 등장에 입을 쩍 벌렸다.

　"와아아아!"

　사도연을 알아본 천무장 식솔들이 함성을 지르며 기세를 올리고 어쩔 줄을 몰라 했던 이관의 얼굴도 비로소 활짝 폈다.

목숨을 구하느라 바닥을 구른 혈영노괴와 고독검마가 노한 얼굴로 지면에 내려선 사도연을 바라보았다.

그들의 반응과는 전혀 상관없다는 듯 얼굴 가득 미소를 띤 사도연이 능위를 보며 정중히 예를 차렸다.

"혈사림주를 뵙습니다."

"그대는 누구지?"

능위가 놀랍다는 눈빛으로 사도연을 응시했다.

어지간한 실력으론 감히 끼어들지도 못할 싸움을 단 일격으로 끝내 버린 인물이 누군지 몹시 궁금한 표정이었다.

"사도연이라고 합니다."

사도연의 대답이 끝나기도 전에 곳곳에서 탄성이 터져 나왔다.

"철검서생!"

"무림십강!"

금방이라도 달려들 것 같았던 혈영노괴와 고독검마의 몸이 움찔했다.

제아무리 불같은 성정의 그들이라도 무림십강이라는 이름은 결코 가볍지 않았다.

"역시. 멋진 한 수였소."

능위가 평소의 그와는 전혀 어울리지 않는 정중한 음성으로 고개를 끄덕였다.

실력이야 어떻든 자신과 함께 무림십강에 나란히 이름을 올린 사도연에 대한 나름의 예우였다.

"오랜만에 만나 반가운 것은 이해를 하지만 인사가 다소 과한 듯하여 무례를 저질렀습니다."

"하하하! 이해하오. 내 이럴 줄 알았지. 영감들이 때와 장소를 구분하지 못하고."

능위가 짐짓 나무라는 투로 말하자 혈영노괴가 슬쩍 고개를 숙였다.

"마황성에서도 이해를 해주십시오."

사도연은 적우에게도 양해를 구했다.

"물론입니다. 혈사림과는 구원이 있는 관계로 다소 과격한 상황이 벌어진 것 같습니다. 무례를 용서하십시오."

적우가 포권을 하며 사과를의 뜻을 표했다.

"무례라니요. 그런 뜻은 아니었습니다. 아무튼 이곳의 일은 이쯤에서 정리를 하면 어떨까 싶습니다만."

사도연이 능위와 적우, 그리고 사건의 중심에서 어느새 소외(?)가 되어버린 유대웅을 바라보며 말했다.

"물론입니다. 하지만 그전에 대답을 들었으면 합니다."

적우의 말에 사도연의 미간이 살짝 찡그려졌다.

"대답이라면……."

적우가 유대웅을 향해 고개를 돌렸다.

"방금 전 천룡쟁투에 참가한다는 말을 들은 것 같은데 맞소?"

"계획에 없는 일입니다."

유대웅이 일고의 가치도 없다는 듯 딱 잘라 말했다.

"그렇구려. 미안하오. 혼자 오해를 한 모양이오."

실망감을 감추지 못한 적우가 씁쓸한 웃음으로 사과할 때 능위가 갑자기 끼어들었다.

"그럴 수야 없지."

모든 사람의 시선이 능위에게 집중되었다.

"무슨 뜻이오?"

유대웅이 싸늘한 음성으로 물었다.

"너는 천룡쟁투에 참가하게 될 것이다."

능위의 단언에 유대웅의 얼굴이 차갑게 굳었다.

"그럴 마음도, 이유도 없소."

"그럴 마음과 이유는 본좌가 만들어주지. 노괴."

"예, 림주님."

"지금 이 순간부터 혈사림의 모든 전력을 동원해 화산파를 공격한다."

자칫하면 정무맹과 전면전이 벌어질 수 있는 그야말로 폭탄과 같은 명령이었다.

"예?"

혈영노괴가 깜짝 놀란 얼굴로 되묻자 능위가 한층 가라앉은 음성으로 명을 내렸다.

"설마하니 화산파가 본림을 무시한 것을 그냥 넘어가리라 생각한 것은 아니겠지?"

"……."

"무슨 소리를 하는 건가?"

삼불신개가 황급히 달려와 소리쳤다.

"이 문제는 개방이나 정무맹과는 전혀 상관없는 본림과 화산파의 문제니 삼불 영감은 끼어들지 마시오. 전면전을 원한다면 할 수 없지만."

살기로 번들거리는 능위의 눈빛에서 삼불신개는 상황이 심각함을 직감했다.

화산파가 정무맹에 속해 있다고 하더라도 현재 화산파의 입지는 그리 좋지 못했다. 오히려 배척을 받고 있다고 해도 과언이 아니었다.

혈사림주가 정무맹과 상관이 없다고 선언한 상황에서 정무맹이 화산파를 돕기 위해 나설 것인지는 의문이었다. 사사천교와의 싸움에서 큰 피해를 당한 것도 분명 악재였다.

'아마도 없겠지.'

개별적으로 돕기 위해 움직이는 문파야 있겠지만 그 정도의 힘으로 혈사림의 전력을 감당한다는 것은 애당초 불가능했다.

그의 시선이 유대웅에게 향했다.

능위가 원하는 것을 들어주라는 의미였으나 유대웅은 삼불신개의 시선을 외면했다.

힘으로 찍어 누른다고 눌릴 그도 아니었고 능위가 원하는 대로 해준다고 해도 혈사림의 협박에 굴복한 화산파의 체면은 땅에 떨어지게 될 것이었다.

참을 수 없는 분노가 저 깊은 가슴 밑바닥에서부터 솟구쳤다.

유대웅의 전신에서 폭발적인 기세가 일어났다.

깜짝 놀란 혈영노괴가 능위의 앞을 막아설 정도로 압도적인 기운이 주변을 휘감았다.

싸움의 중재를 위해 나섰던 사도연의 입에서 절로 탄성이 터져 나오고 적우와 고독검마 또한 놀란 눈빛을 감추지 못했다.

한껏 기세를 일으킨 유대웅이 능위의 얼굴을 똑바로 응시하며 입을 열었다.

"마음대로 해보시오."

"충고하건데 숙고해서 결정해라. 네 결정이 어떤 결과를 가져올지 모르지 않는다면."

능위의 차가운 경고에도 유대웅은 아랑곳하지 않았다.

"그따위 위협이 나에게, 아니, 화산에 통한다고 보시오? 어림없는 소리! 화산파는……."

"사제."

유대웅이 너무 감정적으로 일을 처리한다고 여기던 찰나 삼불시개의 다급한 전음을 받은 청우가 유대웅의 말을 끊었다.

유대웅의 고개가 청우에게 향했다.

원진 도장과 어깨를 나란히 한 청우가 한숨을 내쉬며 가만히 고개를 흔들었다.

청우와 하얗게 질린 얼굴을 하고 있는 원진 도장의 모습을 보며 유대웅은 아차 싶었다.

사형인 청우야 그렇다 쳐도 안절부절못하는 원진 도장의 얼굴을 보고나니 자신이 얼마나 큰 실수를 했는지 비로소 인식했다.

화산파의 명운이 걸린 일을 자신이 독단으로 처리하려 했음은 물론이고 본의 아니게 장문인을 무시함으로써 화산파의 체면을 스스로 깎아버린 것이었다.

"미안합니다, 장문 사질."

유대웅은 청우가 아닌 원진 도장을 향해 정중히 사과를 했다.

모든 이가 보는 앞에서 결코 쉽지 않은 일이었으나 유대웅

은 남들의 시선을 의식해서 잘못을 바로잡지 못하는 인물이
아니었다.

"아, 아닙니다, 사숙."

원진 도장이 당치도 않다는 듯 도리질 쳤다.

"제가 어찌했으면 좋겠습니까, 사형?"

유대웅이 청우에게 물었다.

잠시 뜸을 들인 청우가 오만한 자세로 서 있는 능위에게 슬
쩍 시선을 주며 말했다.

"천룡쟁투에 참가했으면 한다."

"사, 사형!"

청우가 능위의 조건을 받아들이라고 할 줄은 상상도 하지
못했던 유대웅이 깜짝 놀란 얼굴이 되었다.

"그렇게 놀라지 마라. 설마하니 이 사형이 혈사림의 위협
에 굴복했다고 여기는 것은 아니겠지?"

청우가 담담히 웃으며 물었다.

유대웅이 아무런 대꾸도 하지 않자 청욱의 웃음이 더욱 짙
어졌다.

"못난 사형이긴 하나 그렇게까지 못나지는 않았다."

"그런데 어째서……."

"네가 원하지 않는다면 어쩔 수 없는 일이겠지만 천룡쟁투
에 참가하는 것은 두 분 사형과 상의 끝에 나온 말이다."

"사형들께서요?"

유대웅의 굳었던 표정이 살짝 누그러졌다.

"그래. 솔직히 나는 반대를 했지만 두 분의 생각은 다른 것 같다. 아무래도 옛날 생각이 나시는 거겠지. 현재 상황도 과히 좋지는 않고."

유대웅은 청구자와 청진자의 의도를 곧바로 알아차렸다.

사사천교의 공격에 의해 많은 피해를 입었고 과거에 비해 세가 많이 약해진 화산. 그러나 화산파가 결코 몰락한 것이 아님을 천룡쟁투에 참가함으로써 만 천하에 증명해 줬으면 하는 것이었다.

유대웅이 난처한 표정으로 원진 도장을 바라보았다.

"장문 사질께서 제가 어찌했으면 좋겠습니까?"

"제, 제자는……."

원진 도장이 망설이는 기색을 보이자 청우가 고개를 흔들었다.

화산파의 장문인으로서 자신의 의견을 확실하게 전달하라는 의미였다.

"사, 사숙께서 참가해 주셨으면 좋겠습니다."

말을 마친 원진 도장이 고개를 떨궜다.

그 모습에 유대웅은 마음 한편이 무거웠다.

자신으로 인해 그 어느 곳, 누구에게라도 당당해야 할 화산파 장문인이 잔뜩 움츠리는 모습을 하는 것이다.

"그리하겠습니다. 장문인께서 그리 말씀하시면 당연히 참가를 해야지요."

"사, 사숙."

원진 도장이 감격에 찬 얼굴을 하자 유대웅은 미안한 마음을 애써 숨기며 담담히 미소 지었다.

"이제 되었나?"

유대웅의 참가가 확정되자 능위에게 고개를 홱 돌린 삼불신개가 가시 돋친 음성으로 물었다.

"하하하! 설마하니 삼불 영감도 본좌가 진짜 화산파를 공격한다고 여긴 것이오? 그렇다면 실망이외다. 그저 농담 한마디를 던진 것뿐이거늘. 쯧쯧, 다들 너무 심각하게 생각한 것 같소. 뭐, 아무튼 이제야 비로소 천룡쟁투의 이름에 걸맞은 비무대회가 되겠소이다."

삼불신개를 비롯한 모든 군웅이 천연덕스러운 능위의 말에 황당함을 금치 못하고 있을때 정작 능위는 모든 상황이 자신의 의도대로 된 것에 크게 만족하며 만면에 미소를 지었다.

적우 또한 유대웅이 천룡쟁투에 참가한다는 것에 기꺼워하는 표정을 지었다.

"그런데 저 녀석을 천룡쟁투에 굳이 참가시키려는 이유가 뭔가? 어차피 그대가 참가할 것도 아니면서."

"그냥 보고 싶었소. 검선 영감의 제자가 어디까지 하는지. 또 아오? 과거의 내가 검선 영감에게 도전했을 때처럼 도전을 할는지."

삼불신개는 탐욕스런 능위의 눈초리에서 반드시 그리 만들겠다는, 그래서 과거 화산검선에게 당한 망신을 이번 기회에 일소하겠다는 굳은 의지를 읽어낼 수 있었다.

"그리는 안 될 것입니다."

능위와 삼불신개가 동시에 적우에게 시선을 주었다.

"혈사림주께 도전하는 사람은 그가 아니라 바로 제가 될 것입니다."

적우의 도발적인 언사에도 능위는 전혀 기분 나쁜 기색이 아니었다.

"글쎄, 과연 그럴까? 네가 능구렁이 영감의 제자로서 실력이 상당하다는 것을 알고는 있다. 하지만 그게 네 생각처럼 쉽게 될 것 같지는 않아서 말이지."

여유롭게 응대를 하는 능위의 시선은 적우가 아닌 아예 자신을 외면하고 있는 유대웅에게 향해 있었다.

＊　　　＊　　　＊

"이제 궁금함이 풀리셨습니까?"

계획을 가다듬으며 한호가 돌아오기만을 기다리고 있던 소숙이 못마땅한 표정으로 물었다.

"만족할 정도는 아니었습니다. 그래도 이번 천룡쟁투는 확실히 재밌을 것 같더군요."

"그만한 이유라도 있는 모양이군요."

"있지요."

한호는 웃음을 감추지 못하며 정문에서 있었던 소란에 대해 설명을 시작했다.

시큰둥한 얼굴로 설명을 듣던 소숙은 마황성의 후계자가 혈사림주에게 도전을 선언했다는 말에 조금은 놀라는 표정을 지었다.

비록 천룡쟁투에 참가하여 우승을 한다는 전제 조건이 필요했으나 현재까지 파악된 적우의 실력을 감안했을 때 사실상 우승은 정해진 것이나 다름없었기 때문이었다.

슬그머니 소숙의 눈치를 살피던 한호가 싱글거리며 말했다.

"사부께선 적우가 천룡쟁투의 승자가 될 것이라 생각하시는군요."

"마황성의 후계자입니다. 그리되지 않겠습니까?"

"청풍이란 친구는 어떻습니까? 다른 사람도 아니고 화산검선의 제자입니다."

"그가 만만찮은 실력을 지녔다는 것은 이 사부도 알고 있습니다. 최근의 활약도 그렇고 솔직히 그 나이에 그만한 무공을 지녔다는 것이 경악스러울 정도지요. 하지만 적우에 비해선……."

사사천교와의 싸움에서 보여준 유대웅의 실력을 충분히 인정하고는 있었으나 소숙은 그럼에도 불구하고 적우의 우위를 점쳤다.

"과연 그럴까요?"

한호의 눈빛이 반짝반짝 빛나는 것을 확인한 소숙이 짧은 신음을 내뱉었다.

"장주의 생각은 다른 듯합니다."

"예, 다릅니다. 만약 청풍을 만나지 못했다면 저 역시 적우의 우위를 점쳤겠지요. 하지만 직접 눈으로 본 청풍의 실력은 분명 달랐습니다. 안 그런가?"

한호가 뒤따라온 사도연에게 물었다.

사도연이 무겁게 고개를 끄덕였다.

"그렇습니다. 어느 정도 실력을 지녔다고 정확히 단정을 내리긴 힘듭니다만 그가 혈사림주를 향해 내뿜었던 기운을 떠올려 보면……."

잠시 입을 다물고 그때를 떠올린 사도연이 힘이 빠진 음성으로 말했다.

"제 아래는 아닌 것 같습니다."

"뭐라?"

소숙의 눈이 휘둥그레졌다.

사도연이 누구던가!

무림십강의 한 사람으로서 함께 거론되는 인물들의 명성이 워낙 쟁쟁한터라 존재감에서 다소 밀리는 감이 있지만 실력만큼은 누구도 부정하지 못하는 절대고수였다.

한데 그런 사도연이 이제 고작 이십 중반에 불과한 청풍이 자신과 동수라고 인정한 것이었다.

"정확히 하지. 자네에겐 미안하지만 자네보다 밑이 아니라는 말은 어폐가 있는듯 하군. 청풍의 실력은 분명 자네보다 우위에 있네."

"……."

표정이 굳어가는 사도연은 놀랍게도 한호의 말에 반박하지 않았다.

"그, 그게 사실입니까, 장주?"

소숙이 놀란 가슴을 진정시키며 물었다.

"하하하! 이 또한 정확한 것은 아닙니다. 다만 느낌이 그렇다는 겁니다."

소숙이 사도연에게 고개를 돌렸다.

"장주의 말이 사실인가?"

"글쎄요. 장주님께서 그렇게 느끼셨다면 그런 것이겠지요."

담담히 대꾸는 했지만 사도연의 표정과 음성에서 차마 인정하지 못하겠다는 기운이 느껴졌다.

그런 사도연을 슬쩍 외면하며 찻잔을 드는 한호는 그 옛날 화산검선과 싸웠을 때를 떠올리며 지그시 눈을 감았다.

오랜만에 긴장감으로 가득한 두근거림이 찾아왔다.

그건 단지 청풍 때문만은 아니었다.

'설마하니 혈사림주가 그 정도 실력을 지녔을 줄은 몰랐는데 말이지.'

다른 사람은 어떤지 몰라도 한호는 혈사림주의 진정한 실력을 꿰뚫어 보고 있었다.


"장문 사질은 혈사림주의 실력이 어느 정도라 여기는가?"

"무림십강의 실력을 제가 어찌 가늠할 수 있겠습니까마는 철검서생과 엇비슷하다고 느꼈습니다. 어떤 면에선 철검서생이 위일 수도 있다고 여겼지요."

"자네는?"

청우가 덕진 도장에게 물었다.

"제 생각도 그랬습니다. 뭔가 모르게 묘한 이질감이 느껴지긴 했지만……."

덕진 도장이 눈치를 보며 말끝을 흐렸다.

"사제의 생각은 어떤가?"

"소름 끼칠 정도로 강한 인물입니다. 철검서생도 강하긴 하지만 비교할 바가 못 되는군요."

유대웅의 대답에 원진 도장이 놀란 눈을 치켜떴다.

"예? 그가 그 정도란 말입니까?"

"그렇습니다. 소문과는 확실히 달랐습니다. 지금까지 만나 본 그 누구보다 강할 것 같습니다."

유대웅의 대답에 청우마저 놀란 표정을 지었다.

유대웅은 무림십강 중 황하련의 련주 백규와 장강무적도 뇌하, 영호은, 삼불신개와 인연이 있었다. 특히 뇌하는 무림 십강에서도 손꼽히는 인물이었는데 유대웅의 말대로라면 능위가 그보다 더 강하다는 것이었다.

"사부님과 비교하자면 어느 정도야?"

청우가 긴장된 얼굴로 물었다.

유대웅은 쉽게 대답하지 못했다.

"흠, 이기기야 하시겠지만 사부님께서도 꽤나 고전하실 것 같습니다. 어쩌면 그 이상일 수도 있고요."

그것만으로도 화산파 제자들은 경악을 금치 못했다.

"그런 자가 사숙을 노리고 있으니 걱정입니다."

원진 도장이 어두운 얼굴로 한숨을 내쉬었다.

"단순한 비무대회일 뿐입니다. 큰 문제는 없을 터이니 걱정하지 마세요."

유대웅이 가볍게 웃으며 원진 도장을 안심시켰다.

"마황성의 적우라는 친구도 만만치는 않은 것 같았다."

"예, 사형. 그 역시 상당한 실력자였습니다."

말은 그리하면서도 유대웅에겐 여유가 있었다.

그것이 고수가 하수를 내려다보는 시선임을 이해한 이들의 입가에 미소가 지어졌다.

혈사림주, 철검서생, 마황성의 후계자 등 짧은 시간에 엄청난 괴물들을 보아왔지만 지금 눈앞에 있는 유대웅 또한 그에 못지않은, 아니, 어쩌면 그 이상의 괴물임을 다시금 인식한 순간이었다.

"아무튼 흥미롭게 되었어. 설마하니 천룡쟁투가 다시 열릴 줄이야. 천무장에 대한 궁금증도 있겠지만 이 많은 군웅이 이곳에 모여든 것은 천룡쟁투에 대한 기대감 때문이라고 할 수 있겠지."

"천무장에 대한 의심 때문에 천룡쟁투가 열린 것일 수도 있습니다. 삼세가……."

부산스런 움직임에 유대웅의 말이 끊어졌다.

표정이 굳어진 덕진 도장이 벌떡 일어나 문으로 걸어갔다.

"무슨 일이기에 이리 소란이냐?"

"제, 제자 운연입니다."

"무슨 소란이냐니까!"

덕진 도장이 문을 벌컥 열며 소리쳤다.

"마, 마황성에서 사람이 찾아왔습니다."

운연이 황급히 고개를 숙이며 대답했다.

"마황성에서? 누가?"

"그, 그러니까……."

운연이 쩔쩔매며 말을 더듬고 덕진 도장이 두 눈을 부라리며 소리를 지르려는 찰나 유대웅이 운연을 불렀다.

"이리 들어와."

덕진 도장이 호통대신 눈짓을 하며 빨리 움직일 것을 명했다.

운연이 종종 걸음으로 다가오자 유대웅이 물었다.

"마황성에서 왔다고?"

"그렇습니다."

"혹 고독검마께서 온 것이냐?"

"그, 그것을 어찌 아셨습니까? 사숙조님을 찾습니다."

운연이 깜짝 놀란 눈으로 되물었다.

"결국……."

유대웅이 한숨을 내쉬자 모두의 표정이 딱딱하게 굳었다.

고독검마라는 말에 유대웅을 처음 만났을 때의 상황을 떠올린 청우가 입을 열었다.

"정중히 모셔라. 곧 찾아뵌다는 말과 함께. 사질이 가보는 것이 좋겠군."

"알겠습니다."

청우의 명에 덕진 도장이 멍청하게 서 있는 운연을 낚아채 듯 데리고 나갔다.

청우가 걱정스런 음성으로 말했다.

"아무래도 알아본 것 같다."

"그런 것 같습니다. 시간이 조금 흐르긴 해도 솔직히 못 알아보는 것이 이상하기도 하고요."

유대웅의 자신의 커다란 덩치를 훑어보며 쓰게 웃었다.

"어찌할 생각이냐?"

"우선 만나봐야겠지요."

"그냥 돌려보내는 것이 어떨까요?"

원진 도장의 말에 유대웅은 고개를 흔들었다.

"돌려보낸다고 순순히 갈 분 같지는 않습니다. 이렇게 직접 찾아왔다는 것은 확신을 한다는 소리기도 하고요."

"그렇군요."

원진 도장이 한숨을 내쉬며 고개를 떨구자 유대웅이 말했다.

"너무 걱정하지 마십시오, 장문 사질. 화산파에 누가 되는 일은 없도록 최선을 다할 테니까요."

"누라니요! 그런 말씀 마십시오, 사숙. 사숙의 정체가 세상에 알려진다고 해도 이를 부끄러워할 제자는 아무도 없습니다. 저는 물론이고 화산의 모든 제자는 사숙께서 화산파의 제자임을 자랑스럽게 생각할 것입니다."

원진 도장의 확신에 찬 태도에 유대웅과 청우는 서로의 얼굴을 바라보며 환히 웃었다.

철저하게 배척을 받았던 과거의 일을 생각하면 실로 엄청난 변화가 아닐 수 없었다.

"고마운 말입니다."

원진 도장의 말에 뭔가 모를 뭉클함을 느끼던 유대웅이 천천히 일어났다.

"어쨌든 만나보면 알게 되겠지요. 무슨 이유로 저를 찾아온 것인지."


방문이 열리고 유대웅의 커다란 덩치를 확인한 고독검마의 눈빛이 날카롭게 빛났다.

그 날카로움 속에 어딘지 모르게 웃음이 스며들어 있는 듯하지만 확인하기는 힘들었다.

유대웅이 방 안으로 들어서자 고독검마를 대접하고 있던 덕진 도장이 정중히 허리를 숙이며 물러났다.

덕진 도장이 떠난 것을 확인한 고독검마가 조용히 말했다.

"오랜만이구나."

유대웅이 과거 그가 만났던 어린 꼬마임을 확신하는 말투였다.

고독검마를 가만히 응시하던 유대웅이 결심했다는 듯 천천히 입을 열었다.

"꽤나 오래전의 일이었습니다. 운이 좋았는지 세 분의 기인으로부터 세 가지 선물을 받은 적이 있습니다. 한 권의 무공비급, 매일같이 죽음의 공포를 맛보아야 했던 음한지기와 그 음한지기에서 간신히 버틸 수 있는 내공심법이었지요. 마지막 선물 덕분에 생각지도 못한 복연이 제게 찾아왔습니다. 저는 제게 찾아온 그 행운을 놓치지 않았고 움켜잡았습니다. 그리고 몇 년 후, 고향으로 돌아온 저는 아버지의 유지를 이었습니다."

"장강… 수로맹."

확신이 사실로 확인되는 순간, 고독검마가 신음하듯 중얼거렸다.

유대웅이 환히 웃으며 말했다.

"당시는 몰랐지만 지금은 알고 있습니다. 그 한 권의 무공비급이 얼마나 큰 선물이었는지를요. 늘 감사하고 있습니다."

"화산의 무공에 비할까."

고독검마가 냉막한 표정으로 대꾸했다.

"아니요. 그 무공비급은 제가 장강을 일통하는 데 가장 근본적인 힘이 되었습니다. 모든 수하가 어르신께서 주신 파천신권의 내공심법을 익혔지요. 비록 한계가 명확하기는 해도 단시간 내에 실력을 증진시키는 데 더없이 좋은 무공이라 하셨습니다."

"누가 그러더냐?"

"장강수로맹의 무사부들께서 그리 말씀하셨습니다."

순간, 고독검마의 뇌리에 일도파산 자우령을 비롯한 몇몇 고수의 얼굴이 떠올랐다.

"그렇긴 하지. 그나저나 언제까지 서 있을 것이냐?"

고독검마의 핀잔에 유대웅이 빙긋이 웃음을 지으며 그의 맞은편에 앉았다.

"솔직히 판단하기가 힘들었다. 노부가 알기에 네 녀석은 장강수로맹에 있어야 했으니까. 한데 화산검선의 제자라니. 대체 어찌 된 것이냐?"

"원래는 그랬습니다. 바로 그곳에 제 자리였지요. 하지만 화산에 변고가 생기면서……."

유대웅의 모든 설명을 듣지 않아도 고독검마는 어찌 돌아가는 상황인지 금방 알 수가 있었다.

"화산파도 대단하군. 아무리 화산검선의 제자라 하더라도 수적 떼의 우두머리거늘. 그만큼 급했다는 것인가?"

"생각하기 나름이겠지요."

"하긴 그 상황에서 누군들 뒤를 돌아볼 것인가. 노부라도 그리했을 것이다. 아무튼 근자에 청풍이란 이름이 무림을 흔들기에 누군가 꽤나 궁금했었는데 설마하니 네 녀석일 줄은 꿈에도 몰랐다."

고독검마는 덩치는 커다래도 어린 꼬마의 모습으로만 기억되던 유대웅이 장강수로맹의 맹주이자 화산검선의 제자로 눈앞에 나타나자 감회가 새로웠다.

딱히 정을 나눈 것도 아니고 친분이 두터운 것도 아니었지만 묘하게 기분이 좋았다.

"한데 이게 가능하긴 한 일이냐?"

"무엇이 말입니까?"

"갑자기 나타나 장강을 통일한 장강수로맹의 맹주와 천하제일인이었던 화산검선의 제자. 같은 인물이라 여기는 사람은 없었겠지만 그래도 그 정도 인물이면 철저하게 조사를 했을 텐데 말이다. 정무맹은 물론이고 마황성에서도 조사한 것으로 아는데 어찌 네 정체를 제대로 아는 사람이 아무도 없단 말이냐?"

무림삼세의 정보력이 어느 정도인지 너무도 잘 알고 있는 고독검마는 유대웅의 정체가 드러나지 않은 것을 이해할 수가 없었다.

"그들이 얻은 대부분의 정보는 이쪽에서 흘린 것입니다. 물론 약간의 조작이 가미되었지만 말이지요."

"허!"

고독검마는 무림삼세의 정보 조직이 수적 떼라 할 수 있는 장강수로맹의 정보 조작에 속을 정도로 형편없다는 것에 어이가 없었다.

하지만 그는 몰랐다.

그 정보를 조작한 이들이 어떤 면에선 삼세의 정보력을 능가하는 하오문이라는 것을.

"그래서 부탁을 드릴 것이 있습니다."

"무엇이냐?"

고독검마는 유대웅이 무엇을 부탁하려는 이미 눈치를 챘으나 모른 척 물었다.

"솔직히 이곳에서 어르신을 만나는 순간 무척이나 당황했습니다. 비로소 정보를 조작해도 의미가 없는 두 사람을 떠올리게 된 것이지요. 한 분은 어르신이고 다른 한 분은……."

"이자웅?"

"그렇습니다."

유대웅의 눈가에 살기가 스쳐 지나가는 것을 확인한 고독검마가 입가에 비웃음을 흘리며 말했다.

"놈은 걱정하지 마라. 얼마 전 무이산에서 개망신을 당한 후 근신을 하고 있는 중이라 당분간 무림에 얼굴을 들이밀 일은 없을 테니까."

정무맹에서 그에 관한 소식을 들었던 유대웅이 고개를 끄덕였다.

"그건 다행이군요. 하면 이제 어르신만 침묵을 지켜주시면 되겠군요."

"지금 협박을 하는 것이냐?"

고독검마의 눈빛이 조금 싸늘해졌다.

"설마요. 어르신은 어찌 생각하실지 모르지만 전 어르신께 큰 빚을 졌다고 생각하고 있습니다. 협박이라니요? 있을 수 없는 일입니다. 다만 부탁을 드리고 있는 겁니다. 저는 상관이 없지만 아무래도 사문의 입장을 생각하면 제 정체가 드러나는 것이 좋지는 않으니까요."

"그렇기도 하겠다. 스스로 정파를 자부하는 놈들이 용납하지 않을 테니까."

"하하하! 모든 분이 그런 것은 아닙니다. 몇몇 분은 이미 제 정체를 알고 계시니까요."

고독검마는 그에 관해선 관심도 없다는 듯 고개를 흔들며 말했다.

"네 부탁이 어려운 것은 아니다. 솔직히 떠들어댈 것도 아니고. 다만 노부에게도 입장이라는 것이 있다. 개인적으로야 문제될 것이 없으나 명색이 마황성의 장로다. 이런 중요한 정보에 침묵을 지키고 있을 수는 없지 않느냐?"

"완전히 침묵을 지키시는 것이 무리라는 것은 저도 압니다. 어르신의 입장도 이해를 하고요. 다만 보고를 올리시는 것과 그 보고가 세상에 알려지는 것은 분명 다른 문제라고 봅니다."

고독검마는 다소 황당한 표정으로 유대웅을 바라보았다.

유대웅은 지금 마황성의, 정확히 말해 마존의 침묵을 원하고 있는 것이었다.

"그건 노부가 판단할 일이 아니다."

고독검마가 선을 긋자 유대웅도 더 이상 요구하지 않았다.

"그렇… 군요."

유대웅의 얼굴에 실망의 빛이 보이는 것도 잠시 이내 표정을 회복한 그가 의미심장한 음성으로 말했다.

"마황성의 후계자가 천룡쟁투에 참가하는 것으로 압니다."

"무슨 뜻으로 하는 말이냐?"

잠시 사그라졌던 고독검마의 분위기가 또다시 확 변했다.

"별것 아닙니다. 정문에서 살짝 듣기는 했지만 확실한 것인지 궁금해서요."

　유대웅은 의도를 짐작키 힘든 묘한 표정으로 고독검마를
바라보았다.

巫山三峽

第二十三章
천룡쟁투(天龍爭鬪)

만검신군의 일대기와 세가의 연혁을 공표하는 것으로 시작된 천무장의 개파대전은 순조롭게 진행되었다.

물밑에서 천무장의 실체를 파악하기 위한 치열한 정보전이 펼쳐지는 것과는 별개로 천무장의 개파대전을 축하하기 위해 온갖 행사와 크고 작은 연회가 매일같이 열렸다.

사흘째부터 벌어진 천룡쟁투는 분위기를 더욱 고조시켰는데 삼세는 물론이고 각 문파를 대표하는 후기지수들이 참가하여 그 열기가 상상을 초월할 정도였다.

치열한 비무를 통해 마지막까지 살아남은 사람은 단 두 명.

그리고 그들은 마지막 결승전을 앞두고 있었다.


마황성의 무인들이 머물고 있는 천설당의 분위기는 착 가라앉아 있었다.

당연히 우승하리라 믿어 의심치 않았던, 이틀에 걸친 천룡쟁투에서 승승장구를 하던 적우가 마지막 고비를 넘기지 못하고 결승의 문턱에서 패하고 만 것이다.

믿을 수 없는 결과에 마황성의 무인들은 망연자실할 수밖에 없었지만 대다수의 군웅은 조금 놀라기는 했어도 다들 수긍할 수 있는 결과라며 고개를 끄덕였다.

특히 정무맹에 속한 백도 문파에선 오히려 환호를 보냈으니 그의 상대가 다름 아닌 유대웅, 화산검선의 제자로 최근 명성을 높이고 있는 인물이었기 때문이었다.

"쯧쯧, 꼭 초상집 같군."

잔뜩 찌푸린 얼굴로 방 안으로 들어선 고독검마의 투덜거림에 마월영의 요원들이 올린 보고서를 읽고 있던 제갈궁이 희미한 웃음을 지어 보였다.

"어쩔 수 없지요. 그간 대공자께서 보여주신 무위를 생각하면 이해도 갑니다."

"아무리 그래도 그렇지. 싸움이란 질 수도 이길 수도 있는 것이거늘."

"솔직히 저도 놀랐습니다. 대공자님의 무공이라면 마황성에서도 손에 꼽을 정도니까요."

"그렇긴 하나 상대가 너무 좋지 않았어."

고독검마가 살짝 한숨을 내쉬었다.

"예, 화산검선의 그늘이 참으로 깊고 넓다는 것을 다시 한 번 느꼈습니다. 대공자의 부상은 좀 어떻습니까?"

"크게 걱정할 정도는 아니네. 부상보다는 패배를 했다는 정신적인 충격이 큰 것 같더군."

"그동안 패배를 몰랐던 대공자로선 충격이 더 클 겁니다. 아무래도 인정을 하기 힘들겠지요."

제갈궁의 얼굴에 적우에 대한 안쓰러움이 살짝 스쳐 지나갔다.

"어쩌면 잘 된 일일 수도 있어. 한 번의 쓰디쓴 패배가 때로는 그 어떤 것보다 귀한 약이 되기도 하니까."

"그와는 반대로 패배감을 극복하지 못하고 형편없이 무너질 수도 있습니다."

순간 고독검마의 눈빛이 차갑게 빛났다.

"그거야 대공자의 선택이지. 그것의 결과는 누구보다 대공자가 잘 알 것이고. 하지만 노부는 마황성의 대공자가 그리 한심한 사람은 아니라고 생각하네."

제갈궁이 가벼운 미소를 지으며 동의를 표했다.

"제 생각도 그렇습니다."

고독검마가 조용히 주변을 둘러보며 입을 열었다.

"그러기 위해서라도 비밀은 지켜져야 할 것이네."

"물론입니다. 그나저나 정말 놀랍군요. 그의 말대로라면 대공자님을 상대하면서 손속에 사정을 두었다는 것 아닙니까?"

"아마도."

고독검마가 고개를 끄덕였다.

"직접 보지 못해서 그런지 참으로 믿기 힘들군요. 장로님께서 보시기엔 어떻습니까? 정말 그의 말대로 손속에 인정을 둔 것이 맞습니까?"

"겉으로 보기엔 참으로 치열한 싸움이었지. 누가 이겨도 이상하지 않을 정도로 박빙의 승부였어. 하지만 난 보았다네. 승리를 결정짓는 순간, 그의 입가에 지어지는 미소를. 군웅들은 그 미소를 보고 승리의 기쁨을 표현한 것이라 말을 하겠지만 노부는 알지. 미소를 지을 때 녀석의 시선은 바로 노부를 향해 있었네. 약속을 했기에 이 정도라는 것을 확인시켜주는 미소였어."

"그랬… 군요."

고개를 끄덕이는 제갈궁은 자신도 모르게 몸을 살짝 떨었다. 생각하면 생각할수록 놀라운 일이었다.

"만약 장로님께서 약속을 하지 않으셨다면, 그의 충고를 가장한 협박을 받아들이지 않았다면 어찌 되었을까요?"

"글쎄."

잠시 생각에 잠기던 고독검마는 자신의 정체에 대해 침묵을 지키겠다는 약속을 하지 않으면 적우가 다칠 수도 있다는 말을 농담처럼 던지며 웃던 유대웅의 얼굴을 떠올렸다.

"그간의 행동을 생각해 보면 아마도 그의 말대로 되었을 것 같군. 목숨을 잃지는 않았겠지만 최소한 병신이 되는 것은 막지 못했을 게야."

"마황성의 후계자입니다."

제갈궁이 자존심이 상한다는 듯 말했지만 고독검마는 고개를 저었다.

"단신으로 장강을 일통한 녀석일네. 일신에 지닌 무공은 이미 무림십강의 반열에 올랐고. 마황성이라는 배경 따위가 통할 인물이 아니야. 그러니 노부를 상대로 그런 위협을 했겠지."

"……"

"당시는 자존심이 상했지만 결과적으로 약속을 한 것이 다행이란 생각이 들어. 노부에게 본 실력을 어느 정도 보여줬기에 그런 결정을 한 것이었지만. 지금 생각해 봐도 무시무시한 기운이었지."

고독검마는 유대웅의 자신을 향해 뿜어내던 기운이 오직 마존에게서만 느껴 보았던 압도적인 기운임을 굳이 거론하지 않았으나 그의 표정에서 제갈궁은 고독검마가 하고 싶은 말이 무엇인지 정확하게 느낄 수 있었다.

　"그를 적으로 삼기엔 아무래도 무리가 있군요. 마존께서 어찌 판단하실지는 모르겠지만 장로님과의 인연도 있고 하니 당분간만이라도 약속은 지키는 쪽으로 해야겠습니다."

　"그게 좋을 것 같네. 그 친구나 장강수로맹을 두려워해서가 아니야. 장군가의 위협이 눈앞에 있는 지금 굳이 적을 늘릴 필요는 없기 때문일세."

　"제 생각도 같습니다. 화산검선과의 인연을 생각해 볼 때 마존께서도 허락을 하실 것 같고요."

　"대신 대공자는 이 사실을 몰라야 하네."

　"물론입니다. 절대로 안 되지요."

　고독검마와 제갈궁이 서로를 마주보며 쓴웃음을 지었다.

　"그런데 조사는 잘 되고 있는가? 바쁘게 움직이고 있는 것 같기는 하네만."

　고독검마가 탁자 위에 쌓인 서찰을 슬쩍 바라보며 물었다.

　"후~ 생각만큼 쉽지 않습니다."

　"허! 천하에 삼안마군의 눈을 피해갈 수는 있는 자들도 있었던가? 놀랍군."

"놀리지 마십시오. 저도 이 정도로 고생하게 될 줄은 몰랐습니다."

제갈궁이 씁쓸히 웃으며 고개를 흔들었다.

"천무장이 그만큼 치밀하다는 말도 되겠군."

"치밀한 것인지도 잘 모르겠습니다. 허점은 많이 노출하고 있는데 문제는 그 허점 속에서 장군가와의 연결 고리를 찾을 수가 없다는 것입니다."

"하면 천무장이 장군가일 것이라는 자네의 가정이 틀린 것이 아닌가?"

"현재까지 드러난 정보로는 그렇습니다만 그럴수록 오히려 심증은 더욱 굳혀지고 있으니 답답하기만 합니다. 아, 그래도 꼬리를 잡은 것이 하나 있기는 합니다."

"그것이 무엇인가?"

고도검마가 얼른 물었다.

제갈궁이 흩어진 서찰 속에서 뒤적거리며 종이 한 장을 꺼내들었다.

"현재까지 드러난 천무장의 전력은 몇몇 장로와 원로들, 철검서생 사도연 이하 십여 명의 식객, 그리고 대략 팔백 정도의 무인이 다입니다."

"적지 않은 병력이기는 하나 그 정도로 무림을 도모한다는 것은 말이 안 되는 것이지. 자네 말대로 천무장이 장군가라면 진정한 전력은 감춰뒀을 것이네."

"저도 그리 생각합니다. 아무튼 그 팔백 명의 무인 중 일부의 무리들이 영 수상하다고 하는군요."

고독검마가 자세를 고쳐 앉으며 물었다.

"어떤 의미로 수상하다는 것인가?"

"그들이 사사천교의 병력이었다는 정보가 있습니다."

"사사천교?"

"그렇습니다. 사사천교는 열화, 빙천, 설상, 풍운, 질풍, 독행기라는 전투단이 있었습니다. 한데 천무장에 속한 이들 중 과거 열화기에 속했던 자들의 모습이 발견된 것입니다."

"지난 싸움에서 흡수한 것이 아닐까? 정무맹이야 고전을 했다지만 천무장은 그야말로 압도적으로 적을 쓸어버린 것으로 아는데. 항복을 한 자들도……."

"그래서 더 이상합니다. 사사천교의 무인들은 말 그대로 교리에 목숨을 바치는 신도들입니다. 무공도 모르는 자들이 자폭 공격을 할 정도로 지독하지요. 또한 포로로 잡히는 자들도 거의 없습니다. 순교야말로 최고의 미덕으로 생각하며 마지막 한 사람까지 싸우고 또 싸우는 이들이 바로 사사천교의 무인들이었습니다."

고독검마가 미간을 찌푸렸다.

"흠, 자네 말을 들고 보니 확실히 이상하군. 포로로 잡힐

가능성이 없는 사사천교의 병력이 천무장의 식솔로 둔갑을 했다?"

"참고로 사사천교 뒤에 장군가가 있다는 것은 이미 기정사실로 받아들여지고 있는 상황입니다."

"그렇다면……."

고독검마가 의미심장한 눈길로 제갈궁을 바라보았다.

"예. 천무장이 장군가라는, 아니, 설사 그렇지 않더라도 최소한 어떤 관계가 있음을 알려주는 확실한 증거라고 봅니다."

"중요한 정보를 얻었군."

"예. 그렇지만 시간이 너무 촉박합니다. 내일 벌어질 천룡쟁투를 마지막으로 개파대전의 모든 일정이 끝이 나니까요."

"대공자의 부상을 핑계를 댄다면 며칠은 더 머물 수 있지 않을까?"

"대공자님께서 자존심 때문이라도 허락을 하실지 의문입니다. 허락을 하신다 해도 군웅들이 모두 빠져나간 다음엔 제대로 움직이기도 힘들고요."

"맞는 말이야. 하면 내일 하루 정도 남았다는 말이군."

"예."

"최선을 다해보게. 하루가 결코 짧은 시간은 아니니까."

"그래야겠지요."

하지만 그것이 결코 쉽지 않음은 격려를 하는 고독검마도, 대답을 하는 제갈궁도 모르지 않았다.


예상치 못한 적우의 패배로 천설당이 충격에 휩싸여 있는 것과는 반대로 환호로 가득 찬 곳이 있었다.

반 시진에 걸친 치열한 대결 끝에 무당파의 대표를 꺾고 결승 진출자를 배출한 장강수로맹이었다.

장강수로맹은 결승 진출을 축하하는 천무장의 배려로 그들만의 연회를 벌이고 있었다.

"크하하하하! 무당파 말코들의 표정을 보았느냐? 내 오늘처럼 통쾌한 날이 없었다."

이미 거나하게 술이 취한 것인지 잔뜩 붉어진 얼굴로 술잔을 치켜 올린 뇌우가 단숨에 잔을 비웠다.

잔을 채우지 않았다는 이유로 벌써 몇 번이나 혼이 난 조청이 재빨리 술을 따랐다.

"자, 한 잔 받거라."

뇌우가 그 누구도 생각하지 못한 선전을 펼치며 천룡쟁투의 결승에 오른 상관화에게 술을 권했다.

"그만하게. 부상당한 몸으로 충분히 무리했어. 내일 결승도 있지 않나."

자우령이 온몸을 붕대로 감다시피 한 상관화를 걱정하며

뇌우를 말렸다.

"괘, 괜찮습니다."

상관화가 멋쩍은 웃음을 흘리며 잔을 들었다.

"괜찮다고 하잖아. 그리고 결승? 쯧쯧, 상대가 누군지 잊은 모양이야. 천하에 누가 장강수로……."

"그만!"

자우령이 버럭 호통을 쳤다.

순간적으로 찾아오는 정적.

그제야 자신의 실수를 깨달은 뇌우가 민망한 얼굴로 사과를 했다.

"미, 미안하네. 큰 실수를 할 뻔했군."

운밀각주 사도진의 시선이 이번 사절단의 호위를 책임진 호천단 부단주 한석을 바라보았다.

이미 주변에서 경계를 서고 있는 수하들과 전음을 주고받으며 별다른 이상이 없다는 것을 확인한 한석이 고개를 끄덕였다.

"듣는 귀가 너무 많습니다, 태상호법님. 언성을 조금만 낮춰주시지요."

"미, 미안하다. 술김에……."

"쯧쯧, 백 번을 조심해도 부족함이 없거늘."

자우령이 한심하다는 듯 혀를 찼다.

"험험, 이거 자꾸 헛소리를 늘어놓으려는 것을 보니 노부가 취하긴 취했나 보군."

"괜찮습니다. 수하들이 철저하게 경계를 서고 있으니 너무 걱정하지 마십시오."

한석이 넉살좋게 웃으며 말했다.

"이게 다 네 녀석 때문이다."

뇌우는 자신의 실수를 엉뚱하게도 상관화에게 돌렸다.

"예?"

난데없이 비난의 화살을 맞은 상관화가 두 눈을 동그랗게 뜨자 뇌우가 너털웃음을 지으며 말했다.

"너무 잘했다고 이놈아."

"감사합니다."

상관화가 활짝 웃으며 고개를 숙였다.

"뇌하 선배의 지도로 네가 강해졌다는 것은 알고 있었지만 그 정도였을 줄은 미처 몰랐구나. 솔직히 많이 놀랐다."

자우령의 칭찬에 상관화가 얼굴을 붉혔다.

"운이 좋았습니다. 예선부터 비교적 쉬운 상대가 걸렸습니다. 만약 반대편 쪽에서 예선을 치렀다면 결승은 고사하고 진작에 떨어졌을 것입니다."

"호호, 그 말도 사실이긴 하지. 노부가 보기에도 네가 감당하지 못할 녀석이 적어도 일고여덟은 되었으니까. 하필이면 그놈들 모두 마황성의 후계자와 그놈마저도 우습게 아는 괴물과 붙었으니 그야말로 바람에 낙엽 지듯 떨어졌지."

"운도 실력입니다. 또한 단심대주가 그만한 실력이 없었다면 운이 따라도 소용이 없었겠지요."

사도진의 말에 뇌우가 크게 고개를 끄덕였다.

"암, 운도 실력이다. 어차피 전장에선 살아남는 놈이 진정 강한 놈이니까. 그런 면에서 너의 성과는 충분히 자랑스러워할 만하다."

"감사합니다."

상관화가 정중히 고개를 숙였다.

"그나저나 결승 상대가 너라는 것에 녀석도 당황할 거다. 며칠 전에 네가 천룡쟁투에 출전한다고 했을 때 가볍게 여기는 듯했는데 말이야."

뇌우는 많은 이의 이목 때문에 함부로 만나지 못하다가 삼불신개를 통해 잠시나마 자리를 함께했던 유대웅을 떠올리며 큭큭거렸다.

"떨어져 있는 동안 얼마나 성장했는지 몰랐으니까."

자우령이 피식 웃으며 말했다.

"직접 상대를 해보면 더욱 놀라겠지. 기왕이면 깜짝 놀라도록 한 방 먹였으면 좋겠는데."

뇌우의 말에 아무도 입을 열지 않았다.

"불가능하다는 것은 노부도 안다. 하지만 힘내."

뇌우가 무안함을 감추기 위해 재빨리 잔을 들었다.

"아참, 조금 전에 노부에게 보고할 사항이 있다고 하지 않았느냐?"

자우령의 물음에 사도진이 서찰 하나를 꺼내며 말했다.

"그렇잖아도 말씀드리려고 하였습니다. 보시지요. 군사께서 보내온 것입니다."

"군사가?"

장청이 보내왔다는 소리에 뇌우가 흥미를 보이며 자우령의 어깨너머로 고개를 빼 들었다.

"이것이 사실이란 말이냐?"

서찰을 읽어가던 자우령이 미처 끝까지 읽어 내려가지도 못하고 놀란 눈으로 물었다.

"군사께서 직접 보내온 것입니다. 게다가 하오문의 정보라니 사실이지 않겠습니까?"

"무슨 일이기에 그리 놀라?"

뇌우가 서찰을 낚아채곤 대충 몇 글자를 읽더니 휙 던져 버렸다.

놀라는 자우령과는 달리 오히려 흥미로운 표정이 강했다.

"혈사림에서 반역이라니 오래 살고 볼 일이네. 예전에야 하루가 멀다 하고 피바람이 불었지만 능가 놈이 권력을 움켜

쥔 다음엔 이런 일이 없었잖아. 하긴 오래도 갔지. 터질 때가 되기는 했어."

"그건 중요한 것이 아니야."

자우령이 굳은 표정으로 말했다.

"군사가 이런 소식을 전해온 것은 그만한 이유가 있을 터."

"그렇습니다."

사도진이 또 다른 서찰을 전하려 하자 뇌우가 귀찮다는 듯 손사래를 치며 말했다.

"그냥 네가 설명해라. 혈사림에 반역이 일어난 것이 어째서 우리와 상관이 있다는 것이냐?"

"두 분도 아시다시피 군사는 천무장이 장군가의 위장이라고 판단하고 있습니다."

"그랬지. 하지만 아무리 조사해도 별다른 소득은 없었던 것으로 아는데. 아니냐?"

"맞습니다. 제가 능력이 부족하여……."

사도진이 고개를 숙이자 뇌우가 혀를 찼다.

"츱, 그런 흰소리는 집어치우고. 그놈들이 잘 숨긴 것이겠지. 그래서 뭐가 어쨌다는 것이냐?"

"태상호법께서 말씀하신대로 과거엔 어땠는지 몰라도 최근 들어 혈사림은 단 한 번도 분란이 없었습니다. 능위가 철혈통치를 하면서 오히려 마황성을 능가할 정도로 명령 일사

불란한 모습을 보여주었지요. 그런 혈사림에 반역이 일어난 것입니다. 물론 능위의 변덕스럽고 잔인한 성정을 감안했을 때 반역을 꿈꾸는 자들이 있을 수도 있습니다. 그러나 최소한 능위와 대적을 하려면 그만한 역량이 있는 인물이 나서야 하는데 이번 반역을 주도한 자는 혈사림 내에서 존재감 자체가 거의 없던 자입니다.”

“노부도 그것이 이상했다. 삼태상도 아니고 인면호리(人面狐狸)라니. 그는 그만한 능력이 되지 않아.”

자우령이 말에 방금 전 제대로 서찰을 읽지 않고 던졌던 뇌우가 깜짝 놀랐다.

“인면호리라면 황산의 늙은 사기꾼? 설마 그놈이 반역을 일으켰다는 말이야?”

뇌우가 자신이 구겨 버린 서찰을 다시 펼치며 물었다.

“맞아.”

“허! 그 늙은이가 혈사림에 있었던가?”

뇌우가 기가 찬다는 표정으로 되묻자 사도진이 바로 대답했다.

“혈사림의 장로입니다. 하지만 가장 무능력하고 수하들로부터 제대로 인정을 받지 못하는 것으로 알려졌지요.”

“그것도 이상하군. 능가 놈이 그런 작자를 가만히 두고 볼 놈이 아닌데.”

"이유는 잘 모르겠습니다만 아직까지는 큰 탈 없이 살아남 았습니다."

"아무튼 그래서? 그 늙은이가 이번 반역의 주축이라는 말 이잖아."

"예."

"실수한 거야. 능가 놈이 보통 놈이 아니거든. 괴팍하고 잔 인하기만 한 놈이 아니야. 그만한 실력을 지닌 아주 무서운 놈이지. 게다가 그 늙은이의 깜냥이면 제대로 된 반역이 될 수도 없지."

"그렇지 않습니다. 이번 반역에 참여한 인원이 혈사림 전 력의 삼 할이 넘는다고 하였습니다."

"뭐라! 삼… 할?"

뇌우의 두 눈이 휘둥그레졌다.

"그렇습니다."

"다들 미쳤군. 대체 뭘 믿고 삼 할이 넘는 인원이 그 늙은 이를 따른다는 거야?"

벌어진 입이 다물어 질줄을 몰랐다.

"이유를 밝힐 단초는 확인되었습니다."

"무엇이냐?"

"반역을 모의하는 자리에서 술에 취한 인면호리가 자신의 배후에 제삼의 세력이 있다는 말을 떠벌렸다고 합니다. 정확히 그 배후가 어떤 세력인지 파악은 하지 못했으나 군사는 인면호리가 말한 배후를 장군가라 확신하는 것 같습니다."

"그 정보 역시 하오문 쪽에서 파악을 한 것이겠지?"

"그렇습니다."

"군사의 판단은?"

자우령이 물었다.

"확인된 거사 날짜가 바로 내일입니다. 천무장이 장군가라는 가정 하에 어쩌면 바로 내일 천무장이 움직일 수도 있다고 하였습니다."

"가능한 일이다. 현재 이곳엔 각 문파의 주요 인물들이 모조리 모여 있다고 해도 과언이 아니니까."

자우령이 심각하게 고개를 끄덕였다.

"그런데 조금 이상하잖아."

"뭐가?"

"이곳에 모인 군웅들의 수가 수천이야. 한데 천무장에 있는 병력이……."

뇌우의 눈길이 자신을 향하자 사도진이 바로 대답했다.

"팔백 정도입니다."

"그래. 팔백. 어중이떠중이를 뺀다고 해도 그 정도 인원으론 이곳에 모인 군웅들을 감당할 수가 없어. 게다가 우리만 천무장을 의심하는 것은 아니야. 삼불 선배 말로는 정무맹은 물론이고 마황성에서도 천무장 인근 지역을 샅샅이 뒤지고 있다고 했잖아. 천무장이 바보가 아닌 이상 그런 움직임을 모를 리 없고. 군사 말대로 천무장이 장군가라 해도 이런 상황에선 절대로 일을 벌일 수가 없어. 왜 그런지 알아?"

뇌우의 물음에 사도진은 선뜻 대답을 하지 못했다.

"짐작했겠지만 자칫 삼세가 연합하는 결과를 가져올 수도 있기 때문이다. 천무장이 지금 당장 무림을 제패하겠다면서 병력을 일으켜도 정무맹과 마황성은 힘을 합치지 못해. 혈사림도 마찬가지. 물과 기름이 섞이지 못하듯 죽으면 죽었지 그들은 결코 상대에게 손을 벌리는 족속들이 아니야. 정무맹은 더욱더 그렇지. 그러나 처음부터 함께라면 상황이 다르지. 명분이 있거든. 대대적으로 공조를 하지는 못하겠지만 은연중 힘을 합칠 수 있는 여지가 생긴다고나 할까."

뇌우의 말에 자우령과 사도진은 반박을 하지 못했다.

"혈사림에서 일어난 반역이 장군가의 사주로 벌어진 것이라 했을때 그렇다면 그들은 우선적으로 혈사림을 먼저 치려는 것일까요?"

조용히 이야기를 경청하던 상관화가 물었다.

"그럴지도. 어쩌면 능가 놈의 귀향길이 저승길이 될 수도 있겠어."

뇌우의 대답에 자우령의 의문을 표했다.

"그건 조금 이상하군. 현실적이라면 사사천교에 많은 전력을 낭비한 정무맹을 먼저 치는 것이 맞을 듯싶은데."

"내 생각도 그래. 하지만 한 가지를 생각해 보면 이해가 안 가는 것도 아니야."

"뭐가 말인가?"

"이번 개파대전에 능가 놈이 직접 참석했다는 것. 애당초 정무맹주야 허수아비나 마찬가지지만 마존이나 능가 놈은 다르지. 특히 능가 놈의 목을 취할 수만 있다면 혈사림을 무너뜨리는 것은 생각보다 쉬울 수 있어."

"그렇… 군요."

사도진은 평소와는 전혀 다른 모습을 보여주는 뇌우의 모습을 감탄의 눈길로 바라보았다.

"그 눈길은 뭐냐? 노부가 이 정도도 생각하지 못하는 머저리로 보였다는 것이냐?"

"아, 아닙니다."

사도진이 황급히 고개를 저었다.

"아니긴 뭐가 아냐? 아무튼 지금 당장 맹주에게 이 사실을 전해. 노부의 예측이 확실한 것도 아니고 군사의 말대로 당장 놈들의 공격이 벌어질 수 있는 것이니까."

"그게 좋겠다. 이쪽에서도 혹여 모를 위험에 대비는 해야 하니까."

자우령이 뇌우의 말을 거들었다.

"알겠습니다."

"그렇다고 너무 드러내놓고 움직이지는 말고. 보는 눈이 많으니까 늘 조심, 또 조심."

뇌우가 짐짓 거드름을 피우며 충고를 했지만 그 역시 옳은 말이었기에 사도진은 아무런 대꾸도 하지 못했다.

그저 조용히 명을 받을 뿐이었다.

＊　　　＊　　　＊

인산인해를 이룬 천무장의 연무장.

수천을 헤아리는 군웅들의 시선이 연무장 중앙에 마련된 거대한 비무대 위에 고정되어 있었다.

강력한 우승 후보라 할 수 있는 적우를 물리친 유대웅과 비교적 순탄한 상대를 만나 결승까지 올라왔지만 역시 만만치 않은 실력을 지닌 상관화와의 최종 대결.

유대웅이야 사사천교와의 싸움, 아니, 그전부터 이미 명성을 얻고 있었지만 상관화는 이번 천룡쟁투를 통해 단연 화제의 인물로 떠올랐다.

상관화가 처음 비무대에 올라 승리를 거뒀을 때 군웅들은 크게 두 번 놀랐다.

첫 번째는 그가 무림십강의 일원인 장강무적도 뇌하의 낙뢰도법을 선보였다는 것이고 두 번째는 그가 속한 곳이 다름 아닌 장강수로맹이라는 것.

장강수로맹이 장강을 일통하고 상당히 세력을 넓히고 있었지만 대부분의 군웅에겐 여전히 장강의 수적 떼에 불과한 곳이었다.

하지만 상관화의 활약으로 장강수로맹에 대한 인식 자체가 바뀌었는데 장강무적도의 후계자가 장강수로맹의 소속이라는 것은 곧 장강무적도 역시 장강수로맹에 속해 있다는 것을 의미했기 때문이었다.

천룡쟁투의 마지막 결승은 그렇게 화제를 몰고 온 두 사람의 싸움으로 모든 이의 관심을 집중시켰다.

약자를 응원하는 심리대로 군웅들은 객관적인 전력에서 열세인 상관화의 선전과 혹시 모를 반전을 기대하며 많은 응원을 보냈는데 정작 상관화 본인은 반전 따위는 꿈도 꾸지 않았다.

자신이 비록 외증조부로부터 낙뢰도법을 배웠지만 유대웅은 무림십강의 일원인 외증조부와 당당히 비무를 하는 상대였다. 자신의 실력이 발끝에도 미치지 못한다는 것을 그는 너무도 잘 알고 있었다.

그에게 있어 이번 결승전은 주군인 유대웅에게 그동안 발

전된 모습을 보여주고 칭찬받는 자리일 뿐 그 이상도 그 이하의 의미도 아니었다.

그것을 알기에 상관화는 처음부터 자신이 발휘할 수 있는 최고의 무공을 연달아 사용했고 마치 심사를 하듯 유대웅은 상관화가 마음껏 무공을 발휘할 수 있도록 이끌어줬다.

상관화를 응원하는 군웅들의 눈에야 상관화가 유대웅을 일방적으로 몰아붙이는 모습으로 보이겠지만 어느 정도 수준에 이른 고수들의 눈에는 마치 사부가 제자에게 한 수 가르쳐준다는 느낌을 받을 정도로 긴장감이 없는 대결이었다.

"차이가 나도 너무 나는군요."

천목개의 말에 삼불신개가 당연하다는 듯 코웃음을 쳤다.

"당연하지. 애당초 급이 달라."

"그래도 이렇게까지 차이가 날 줄은 몰랐습니다. 낙뢰도법을 저 정도까지 완성시켜 펼치는데 별다른 성과를 얻지 못하는군요."

천목개는 매섭게 몰아치는 상관화의 공격을 너무도 쉽게 막아내는 유대웅을 보며 혀를 내둘렀다.

"꽤 열심히 수련한 모양이지만 아직 멀었어. 내가 아는 장강무적도의 낙뢰도법은 저렇게 어설프지 않아."

천목개는 대부분의 군웅이 감탄에 마지않는 상관화의 낙뢰도법을 어설프다고 폄하하는 삼불신개의 오만하기까지 한 태도에 한숨을 내쉬면서도 무림십강의 한 명으로서 어쩌면 당연하다는 생각을 했다.

"그나저나 어제 얘기한 것은 확인을 하였느냐?"

"예. 천무장은 물론이고 천무장 주변을 중심으로 개미새끼 한 마리 놓치지 않을 정도로 샅샅이 뒤지고 있습니다. 범위가 워낙 넓어 걱정을 했지만 이미 며칠 전부터 해왔던 일이었고 투밀원에서도 상황의 심각함을 느낀 것인지 적극 협조한 덕분에 큰 무리는 없습니다."

"수상한 점은?"

"아직까지는 별다른 점을 찾지 못하고 있습니다. 천무장 내부도 그렇고 외부에서도 의심할 만한 움직임은 없었습니다."

"그렇다면 다행이기는 하다만."

유대웅을 향해 다시 고개를 돌린 삼불신개가 잔뜩 인상을 찌푸리며 관자놀이를 꾹꾹 눌렀다.

늦은 밤, 유대웅으로부터 혈사림에 문제가 생겼다는 정보와 어쩌면 장군가가 움직일 수도 있다는 얘기를 들은 이후부터 시작된 두통이 좀처럼 가시질 않았다.

물론 천무장이 장군가가 아니라면 애당초 걱정할 일도 아니었지만 오랜 경험을 통해 그런 두통이야말로 그 어떤 사실, 증거보다 확실한 정보라는 것을 체득한 터. 천목개의 말을 들고도 두통이 가시질 않는 것을 보면 시시각각으로 위험이 다가오는 것이 틀림없었다.

"한데 저놈은 혈사림의 상황을 알기는 하는 건가?"

삼불신개가 지겨움을 참지 못하고 연신 하품을 해대는 능위를 보며 혀를 찼다.

"지겹군."

유대웅과 상관화의 대결이 길어지자 능위가 잔뜩 짜증이 나는 얼굴로 거푸 잔을 비웠다.

"도대체 무슨 꿍꿍일까? 이미 끝난 싸움을 이리 질질 끄는 이유가?"

능위의 물음에 혈영노괴가 조심히 대답했다.

"아무래도 장강수로맹의 힘을 염두에 두는 것 같습니다."

"장강수로맹?"

"예. 한낱 수적 떼로 인식이 되고는 있지만 장강수로맹이 지닌 힘은 생각 외로 강합니다. 장강수로맹의 맹주인 호면패왕과 일도파산은 무림십강에 버금가는 무위를 지녔다고 알려졌고 장강무적도의 후계자가 나타난 것을 보니 장강무적도가 장강수로맹에 있다는 소문도 사실인 것 같습니다. 그들의 존재만으로도 어지간한 문파는 상대도 되지 않을 정도입니다. 금방 꺾을 수 있음에도 청풍이 저리 양보하는 것을 보면 승리를 거두긴 하되 그들과 척을 두지 않기 위해 배려를 하는 것으로 보입니다."

"쯧쯧, 천하의 화산파도 다 됐군. 수적 떼에게 잘 봐달라고 꼬리를 흔들어야 할 정도라니."

자신을 꺾은 화산검선의 후예들이 그 꼴을 당하는 것이 마음에 들지 않아서인지 조롱 섞인 능위의 말투 속엔 어딘지 모르게 분노가 깃들어 있었다.


챙그렁.

상관화의 손에서 검이 떨어졌다.

한쪽 무릎을 꿇고 있는 그의 전신은 땀으로 푹 젖어 있었다.

거친 호흡을 내뱉으며 어깨를 들썩이던 상관화가 천천히 고개를 들어 유대웅을 바라보았다.

마치 '제 실력이 어떻습니까, 맹주님?' 하고 묻기라도 하듯 강렬하면서도 기대에 찬 눈빛이었다.

이마에 땀을 조금 흘리고 있었지만 그다지 지친 기색이 없는 유대웅이 대견하다는 표정으로 상관화를 바라보았다.

'훌륭하다. 몰라보게 강해졌다.'

유대웅의 눈빛에서 기대했던 대답을 들은 상관화가 천천히 일어나며 포권했다.

"졌습니다."

"좋은 승부였습니다."

유대웅도 마주 포권했다.

"와아!"

"이겼다!"

마침내 천룡쟁투의 우승자가 결정되자 유대웅을 응원하던 이들은 물론이고 상관화를 응원하던 이들까지 새롭게 탄생한 우승자에 아낌없는 환호와 축하를 보냈다.

특히 사사천교의 공격으로 많은 시달림을 받고 약소문파로 전락해가던 화산파 제자들의 기쁨은 누구보다 컸으니 결승이 시작되기도 전부터 사실상 승부가 되지 않는다는 것을 알고는 있었으나 막상 우승이 결정되자 모두가 기쁨의 눈물을 흘렸다.

아마도 지금까지 쌓였던 설움이 폭발했기 때문일 터.

청우는 그런 제자들과 우승을 했음에도 담담한 표정을 짓고 있는 유대웅을 바라보며 밝은 미소를 지었다.

"이번 천룡쟁투의 우승자는 화산파의 청풍 도장으로 결정되었습니다."

"와아아아!"

천룡쟁투를 주관하던 철검서생 사도연의 선언에 맞춰 거대한 함성이 다시금 연무장을 뒤흔들었다.

"천룡쟁투의 우승자인 청풍 도장께는 약속대로 본 장에서 보관 중이던 묵룡신검(墨龍龍神劍)을 상품으로 드리도록 하겠습니다."

말을 마친 사도연이 부상으로 준비되어 있던 묵룡신검을 유대웅에게 건넸다.

상품 따위에 그다지 욕심이 없던 유대웅은 별다른 표정 변화 없이 검을 받았지만 묵룡신검의 명성을 익히 알고 있던 이들은 저마다 탄식과 부러움, 탐욕에 찬 눈으로 묵룡신검을 바라보았다.

무림에 흘러들어가는 것만으로도 피바람을 불고 올 정도의 명검을 상품으로 받고도 무심하기 그지없는 유대웅을 보면서 사도연은 그의 담대함에 혀를 내둘렀다.

'둘 중 하나겠지. 묵룡신검의 가치를 모르거나 아니면 검 따위에 기대지 않을 정도로 자신의 무공에 자신이 있거나.'

유대웅의 무공을 높이 사고 있는 사도연은 후자라고 생각을 했지만 사실 유대웅은 묵룡신검의 가치를 전혀 몰랐다.

애당초 천룡쟁투에 참가할 생각이 없었기에 상품이 걸린 것도 몰랐고 그랬기에 담담함을 유지할 수 있는 것이었다.

"자자, 이것으로 우승자는 결정이 되었으니 이제는 우리 둘의 일만 해결하면 되는 것인가?"

난데없이 비무대에 오른 사람은 결승전이 끝나기만을 학수고대하던 혈사림주 능위였다.

며칠 전 정문에서 벌어졌던 일을 들어 알고 있던 군웅들은 능위의 등장에 거센 환호성을 보냈다.

오만한 자세로 손을 까닥이며 그들의 환호에 답한 능위가 떨떠름한 표정을 짓고 있는 유대웅에게 말했다.

"그렇게 기분 나빠하지 마라. 본좌는 그저 너와의 비무를 통해 옛날 검선 영감과의 추억을 잠시 떠올리고자 함이니. 자, 우승자의 신분으로 전대 우승자에게 도전장을 내밀거라."

"그럴 의무는 없는 것으로 아오만."

유대웅이 차갑게 대꾸했다.

"그래? 그렇다면 의무가 있도록 만들어 줄 수도 있다."

능위가 혈영노괴를 힐끗 바라보며 사악하게 웃었다.

"협박을 하는 것이오?"

유대웅의 언성이 높아지자 천룡쟁투를 주관했던 사도연이 둘 사이에 끼어들었다.

"천룡쟁투는 끝났습니다, 림주."

"아직은 아니오."

사도연의 말을 가볍게 일축한 능위가 다시금 물었다.

"마지막으로 묻겠다. 본좌에게 도전을 하겠느냐?"

안색을 굳힌 사도연이 다시 끼어드려 할 때 유대웅이 입가에 조소를 띠우며 말했다.

"원한다면 못할 것도 없소. 그런데 이렇게 여유를 부려도 되는 것인지 모르겠소이다."

"무슨 뜻이냐?"

능위가 무슨 꿍꿍이냐는 듯한 표정으로 물었다.

"쯧쯧, 혈사림의 정보력이 삼세 중 최하라더니만 사실인 모양이오. 아직까지도 전혀 파악을 하지 못하고 있는 것을 보면."

능위의 눈에서 혈광이 어렸다.

"본좌의 인내력을 더 이상 시험하지 마라. 무엇을 모른다는 것이냐?"

"인면호리를 아실 것이오."

능위는 별다른 대꾸 없이 유대웅을 바라보았다.

숨죽인 군웅들이 유대웅의 말에 귀를 기울였다.

"그가 반역을 일으켰소."

반역이란 말에 놀라는 군웅들과는 달리 능위의 입가에 싸늘한 조소만이 피어올랐다.

"헛소리를 하려면 그럴 듯하게 하여라. 반역이라고? 그것도 쓰레기 같은 인면호리가?"

"인면호리가 별 볼일 없는 인간이라는 것은 우리도 잘 아오. 그래서 더욱 의외였소. 하지만 그가 반역의 주역임은 틀림없는 사실. 이미 삼 할이 넘는 인원이 그가 일으킨 반란에 참여를 했소. 아, 한 가지 더. 인면호리를 암중에서 움직이고 지원하는 배후가 있다 하더이다."

능위의 안색이 살짝 변했다.

"배후? 그놈이 누구더냐?"

"밝혀내진 못했지만 장군가가 아닌가 생각하고 있소."

장군가라는 말에 사방에서 웅성거리는 소리가 들렸다.

"본좌가 네놈 말을 믿을 것이라 생각하느냐?"

"믿고 안 믿고는 림주의 마음이오. 하나 이렇게 시간을 지체하는 순간에도 혈사림에서 일어난 반역의 불길은 더욱 거세진다는 것을 알았으면 좋겠소. 피해도 커지겠고."

능위는 살기로 이글거리는 눈빛으로 유대웅을 쏘아보았다.

능글거리는 유대웅의 얼굴을 당장에라도 짓이기고 싶은 마음이 컸지만 화산검선의 제자이자 천룡쟁투의 우승자로서 이 많은 사람 앞에서 단지 불편한 상황을 벗어나고자 허언을 내뱉는 것이라 생각하기 어려웠다.

'정말 문제가 있는 것인가?'

능위가 망설이는 눈빛으로 혈영노괴를 바라보았다.

혈영노괴 역시 당혹스럽기는 마찬가지였다.

그런데 능위, 혈영노괴와 마찬가지로 잔뜩 인상을 찌푸리고 있는 사람이 한 명 더 있었다.

[이게 어찌 된 일입니까, 사부?]

숙부인 한백을 천무장의 장주로 내세우고 군웅들 사이에서 한가로운 시간을 보내고 있던 한호가 단상 위에 앉아 있는 소숙을 향해 전음을 보냈다.

[저 친구가 어째서 혈사림의 일을 저토록 빨리 알고 있는 것입니까?]

[지금 막 올라온 보고에 의하면 인면호리의 반역 모의가 지난밤에 발각되었다고 합니다. 그래서 생각보다 빨리 싸움이 시작된 것 같습니다.]

[발각이요? 쯧쯧, 대체 일을 어찌 처리했기에 그런 일이 발생한단 말입니까?]

[죄송합니다, 장주. 조금 더 세밀하게 챙겼어야 했는데…….]

[아니요. 사부께서 죄송할 일은 아닙니다. 혈사림의 반란을 유도하고 있는 놈들이 멍청한 놈들이지요. 그런데 사부께선 언제 보고를 받으신 겁니까?]

[지금 막 받았습니다.]

[이상한 일이군요. 저 친구의 태도를 살펴보면 혈사림의 일을 미리부터 알고 있는 듯한 느낌을 줍니다.]

[저도 그게 이해가 가지 않습니다. 정무맹의 정보력이 아무리 뛰어나도 이렇게 빨리 혈사림의 일을 파악할 수는 없었을

텐데요.]

떨리는 음성에서 소숙의 곤혹스러움이 느껴졌다.

[뭐, 상관은 없습니다. 대세엔 영향이 없을 테니까요.]

[그래도 생각지 못한 상황이 벌어지니 조금은 당황스럽습니다.]

[당황스러울 것도 없습니다. 어차피 시작될 일이었습니다. 기왕 이렇게 된 이상 계획을 조금 앞당겨야겠습니다. 준비는 되었습니까?]

[예. 언제라도 시작할 수 있도록 확실하게 준비시켜 놓았습니다. 다만 그 친구가 조금 걱정이 되는군요.]

[숙부님요? 어차피 다 알고 계시는 일인데요. 걱정하지 마시고 계획대로 진행하세요.]

[알겠습니다.]

한호와 소숙이 전음이 오가는 사이에도 능위는 쉽게 판단을 내리지 못하고 있었다.

어느 순간, 마음을 굳힌 것인지 눈가에 드러났던 살기를 지우고 질문을 던졌다.

"네 말. 거짓은 아니겠지?"

유대웅이 코웃음을 치며 대꾸했다.

"금방 들통 날 거짓말을 할 정도로 멍청하지는 않소."

"사부의 명예를 걸 수 있느냐?"

"필요성을 느끼지는 않지만 장군가의 음모 때문이라도 웅해드리겠소. 내가 지금까지 한 말, 사부님의 명예를 걸고 말하건대 절대로 거짓이 아니오."

"좋아. 믿겠다. 우리의 대결은 다음으로 미루도록 하지."

생각은 길었지만 움직임은 빨랐다.

몸을 돌린 능위는 혈영노괴에게 퇴각을 명하고 곧바로 비무대를, 천무장을 떠났다.

그 누구에게도 시선을 주지 않던 능위가 삼불신개에게 만은 가볍게 눈인사를 했는데 유대웅으로부터 전해들은 소식이 개방을 통해, 그리고 삼불신개를 통해 전해진 것이라 생각했기 때문이었다.

"그야말로 폭풍 같은 행보군."

삼불신개는 순식간에 사라지는 능위와 혈사림의 무인들을 바라보며 쓴웃음을 지었다.

전대 천룡쟁투의 승자와 당대 승자의 대결을 은근히 기대하고 있던 군웅들은 능위의 갑작스런 퇴장에 저마다 아쉬움 섞인 탄식을 내뱉었다.

바로 그때였다.

혈사림의 퇴장으로 조금은 소란스러워진 상황에서 천무장주를 비롯한 각 문파의 주요 인사가 앉아 있는 단상을 향해 천천히 움직이는 사람이 있었다.

이마엔 식은땀이 흐르고 불안한 얼굴에 비틀거리는 걸음걸이.

어딘지 모르게 수상스럽기 짝이 없었으나 단상 주변에 배치되어 있는 호위 중 그를 제지하는 사람은 아무도 없었다. 오히려 걱정스러운 눈초리를 보내는 이가 대부분이었다.

"괜찮으십니까?"

호위 중 하나가 그를 부축하며 물었다.

"괜찮네. 신경 쓰지 말고 일보게."

호위를 물린 중년 사내, 정무맹의 호법 좌도(左桃)가 크게 심호흡을 하며 단상으로 다가갔다.

그의 눈은 오직 천무장주에게 고정되어 있었다.

'아무것도 생각하지 말자. 오직 태산파(泰山派)의 미래만 생각하자. 내가 죽지 않으면 형님은 물론이고 태산파 삼백 식솔의 목숨이 사라진다.'

좌도는 지난밤, 자신의 숙소에 찾아온 낯선 사내와 그가 데리고 온 조카의 모습을 떠올리며 이를 악물었다.

[망설이지 마시오. 약속은 반드시 지키오. 장군가의 명예를 걸고 약속하지.]

갑자기 들려온 전음에 좌도의 몸이 움찔했다.

'더러운 놈들! 명예 따위를 안다면 애당초 이따위 짓을 할 수는 없는 것이다.'

두 눈에서 원독의 한광이 뿜어져 나왔다.

그러나 칼자루는 상대가 지니고 있었고 자신은 태산파를 지키기 위해 그들이 원하는 대로 따라주어야 했다.

비록 그 길이 지옥에 이르는 길이라 해도.

좌도가 천무장주를 향해 달려들었다.

뭔가 이상함을 느낀 호위들이 그의 앞을 가로막고 나섰지만 너무 늦었다.

"거부는 곧 죽음이다!"

난데없는 외침과 이해할 수 없는 행동에 다들 황당한 표정을 짓는 찰나, 마지막 말을 남긴 좌도의 몸이 그대로 폭사하며 단상을 덮쳤다.

쾅!

엄청난 폭발음과 함께 폭사한 좌도를 중심으로 반경 삼 장이 흔적도 없이 날아갔다.

그를 가로막던 호위들은 물론이고 목표가 됐던 천무장주, 주변에 있던 많은 명숙이 무참히 쓰러졌다.

그것을 시작으로 비무대 주변 곳곳에서 폭발음이 들리며 연무장은 그야말로 아수라장이 되고 말았다.

폭발로 인해 얼마나 많은 군웅이 목숨을 잃었는지 확인할 길이 없었으나 어림잡아도 백여 명이 넘는 목숨이 순식간에 사라졌다.

그리고 그보다 훨씬 많은 인원이 아우성을 치며 벗어나려
는 사람들의 발길에 쓰러져 다치고 목숨을 잃었다.

어느 정도 혼란이 가라앉았을 때, 비무대를 잿더미로 만들
었던 화마가 사그라들고 마침내 드러난 연무장의 풍경은 지
옥과 다르지 않았다.

第二十四章
시작된 혈풍(血風)

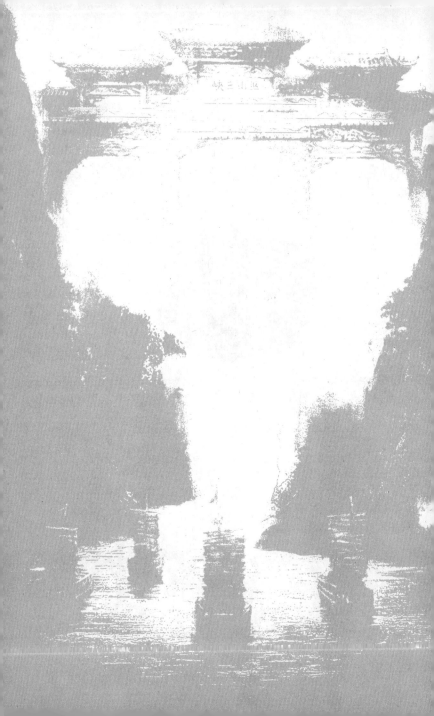

하남성 개봉.

과거엔 옛 왕조의 고도(古都)로 유명했지만 작금에 개봉을 대표하는 것은 누가 뭐라 해도 개방이었다.

개봉성 외곽의 허름한 판자촌에 자리하고 있는 개방의 총단은 개방이 무림에서 차지하는 위치나 명성에 비하면 실로 보잘것없었지만 애당초 개방의 출발이 밑바닥 인생을 살던 이들이 하나둘 모여들면서 시작된 것이기에 이상할 것은 하나도 없었다.

오히려 무림을 좌지우지할 수 있을 정도로 거대한 방파로 세력이 커졌음에도 초심을 잃지 않고 있는 그들의 담대함에 다들 찬사를 보낼 정도였다.

그런 개방이, 수십만의 방도를 거느리고 전 무림의 모든 정보를 한손에 틀어쥐고 있다는 개방의 총단이 불타고 있었다.

정오 무렵, 전격적으로 기습을 시작한 장군가는 개방의 방도는 물론이고 판자촌에 살고 있는 평범한 이들을 가리지 않고 모조리 학살하기 시작했다.

비록 기습을 당했다고 하더라도 개방은 그렇게 일방적으로 무너질 문파가 결코 아니었다.

방주 천목개와 개방이 배출한 불세출의 기인 삼불신개가 자리를 비웠다고는 해도 개방의 저력은 상당한 것이었다.

천목개를 대신해 총단을 지키고 있는 운종개(雲從丐), 경공의 고수로 바람과도 같은 그의 움직임을 제대로 따라잡을 사람이 없다는 부운개(浮雲丐), 늘 웃고 있지만 손을 쓰면 피바람이 분다고 하는 소면개(笑面丐), 천목개에게 방주 자리를 양보하고 유유자적 세월을 보낸다는 묵의개(墨衣丐), 과거 혈영노괴와 일대일 대결을 펼치면서도 밀리지 않았던 벽력신개(霹靂神丐) 등 이름만 대면 누구라도 알 수 있을 정도로 수많은 고수가 득시글댔다.

특히 온갖 기행을 일삼으며 개방은 물론이고 많은 이의 골머리를 썩게 만들었던 질풍개(疾風丐)는 그 실력이 사형 삼불신개 못지않다고 알려져 있을 정도의 기인이었다.

그런 개방이, 오랜 역사와 전통을 자랑하고 수많은 방도와 삼불신개와 같은 걸출한 인물은 물론이고 온갖 기인이사를 배출해낼 정도로 저력이 있는 개방이 무너지고 있었다.

그것도 입에 담기 힘들 정도로 너무도 처참하게.

"용천방이 장군가의 주구일 줄은 정말 몰랐다."

묵의개가 단봉을 움켜잡으며 이를 바득 갈았다.

전신에서 끓어오르는 무시무시한 살기.

그는 자신에게 돌아온 방주의 자리를 사제인 천목개에게 양보했다는 소문이 사실임을 기세만으로 증명하고 있었다.

"선배와 마셨던 술맛이 제법 괜찮았는데 아쉽게 되었소. 아, 그리고 한 가지를 정정하자면 용천방은 장군가를 지탱하는 칠 주의 하나요. 단순히 주구라는 말은 조금 그렇소이다."

용천방 방주 악기가 억울하다는 듯 얼굴을 찡그리며 말했다.

"지랄! 어차피 주인이 시키는 대로 꼬랑지를 흔들어대는 개새끼와 같은 입장 아니더냐."

"뭐, 아무렇게나 생각하시오. 어차피 개방은 무너졌고 장군가는 세상을 향해 거대한 웅지를 드러냈으니까. 자, 이제 끝을 냅시다. 오시오!"

악기가 자신감 넘치는 자세로 묵의개를 도발했다.

단봉을 꽉 움켜쥔 묵의개가 천천히 고개를 돌렸다.

보잘것없었지만 자신에겐 그 어떤 곳보다 포근하고 아늑하고 소중한 판자촌이 한줌 재가 되고 있었다.

주린 배를 움켜쥐고 만두 하나에 행복해했던 어린 날의 추억도, 사부에게 매질을 당하며 무공을 익혔던 즐거운 기억도 다시는 떠올릴 수 없을 것이다.

밑바닥 인생을 전전할지언정 언제나 웃음을 잃지 않았던 많은 이가 공포에 질린 채 눈도 감지 못하고 숨이 끊어졌고 지금 이 순간에도 처참하게 살육을 당하고 있었다.

"이놈!

묵의개가 저 밑바닥에서부터 치밀어 오르는 화기를 참지 못하고 악기를 향해 노호성을 터뜨렸다.

피눈물을 흘리는 그의 전신에서 칼날 같은 살기가 쏟아져 나왔다.

'삼불신개의 다음은 질풍개도, 천목개도 아니고 묵의개라더니 과연 개방을 대표할 만하군.'

그렇다고 두려워할 정도는 아니었다.

악기는 싸우기도 전부터 이미 승리를 확신했다.

하지만 그는 결코 방심하지 않았다.

묵의개 같은 고수를 상대함에 있어 잠깐의 방심은 그야말로 치명적인 결과를 불러온다는 것을 너무도 잘 알고 있었다.

서로간의 간격은 대략 삼 장.

불꽃마저 얼어버릴 것 같은 차가운 긴장감 끝에 두 사람의 몸이 조금씩 가까워졌다.

선공을 취한 사람은 묵의개였다.

묵의개의 분노가 가득 담긴 단봉이 매서운 파공성을 동반하며 악기의 옆구리를 후려쳤다.

악기가 빙글 몸을 돌리며 단봉을 쳐 냈다.

묵의개가 막강한 내력을 바탕으로 한 단봉술을 사용한다면 악기 역시 일반 칼보다 두 배나 두꺼운 칼을 이용하여 패도적인 도법을 사용했다.

기교도 없었다.

화려함도 없었다.

오로지 힘과 힘의 대결.

묵직하게 움직인 단봉이 악기의 요혈을 노리며 집요하게 파고들고 이를 막아낸 악기가 힘의 우위를 바탕으로 역습을 펼쳐 묵의개의 간담을 서늘케 했다.

치열한 공방전이 펼쳐지기가 일각여.

조금씩 힘에서 밀리던 묵의개의 입에서 짧은 비명이 흘러나왔다.

"크윽!"

오른쪽 옆구리에서 피가 콸콸 흘러나오는 것이 상처가 가

볐지 않았다.

재빨리 지혈을 하려 했으나 동맥이 제대로 잘렸는지 좀처럼 피가 멈추지 않았다.

제대로 상처를 돌볼 여유도 없었다.

승기를 잡은 악기가 연거푸 공격을 해오고 묵의개는 곧바로 수세에 몰리고 말았다.

옆구리에서 밀려드는 통증과 급격하게 흘린 피로 어지럼증까지 밀려왔다.

'위험하다.'

본능적으로 위기를 느낀 묵의개가 특단의 조치를 생각하는 찰나, 싸움을 끝낼 요량인 듯 전력을 다한 악기의 칼이 매섭게 날아들었다.

피하기엔 이미 늦었다고 판단한 묵의개는 머뭇거리지 않았다.

오히려 자신을 향해 날아드는 칼을 향해 정면으로 달려들었다.

묵의개의 독해진 눈빛에서 뭔가를 느낀 악기가 황급히 칼을 거두며 물러나려 하였으나 이미 목숨을 버리기로 결심한 묵의개의 움직임이 조금 더 빨랐다.

푸욱!

악기의 칼이 묵의개의 아랫배를 관통했다.

고통으로 일그러지는 묵의개의 얼굴.

하지만 앞으로 나아가는 발걸음을 멈추지 않았다.

치명적인 부상을 당한 묵의개가 주저앉기는커녕 도리어 앞으로 전진을 해오자 오히려 놀란 것은 악기였다.

묵의개의 배를 관통한 칼을 움직이려 했지만 생각처럼 쉽지가 않았다.

묵의개가 왼팔을 등 뒤로 돌려 등을 관통하고 나온 칼날을 움켜잡았기 때문이었다.

악기가 당황하는 사이 묵의개의 마지막 공격이 펼쳐졌다.

타구봉법의 절초인 봉타쌍견을 응용한 수법이었다.

악기는 자신의 머리 양쪽에서 단봉이 짓쳐 든다는 생각에 즉시 칼을 놓고 쌍수취혼(雙手取魂)의 수법으로 단봉을 낚아챘다.

"크으!"

악기의 입에서 비명이 터져 나왔다.

왼쪽으로 접근한 단봉은 허초.

진짜는 오른쪽이었다.

그나마도 너무 빨리 제대로 낚아챌 수가 없었고 간신히 팔뚝으로 막아냈다.

저릿저릿한 통증이 팔뚝을 타고 머리까지 울렸다.

묵의개가 정상적인 몸이었다면 그대로 팔이 부러져 나갔

을 것이고 막지 못했다면 머리가 터져 나갔을 것이다.

그런데 그것이 끝이 아니었다.

최후의 일격을 준비하던 악기는 뭔가 섬뜩한 기운에 본능적으로 고개를 틀며 손을 뻗었다.

"으악!"

방금 전과는 비할 수 없는 극한의 통증이 밀려왔다.

대체 무슨 일이 벌어진 것인지 의아하여 통증이 시작된 손을 바라보았다.

놀랍게도 왼쪽 손바닥에 구멍이 뻥 뚫려 있었다.

손바닥을 뚫은 기운은 왼쪽 귓불까지 날려 버렸다.

막강한 위력을 지녔음에도 살기가 너무 짙어 개방에서 사용이 금지되었던 무공.

언제가 독개가 유대웅에게 사용했던 통천지였다.

회심의 일격이라 할 수 있는 통천지마저 실패하자 묵의개는 더 이상 버틸 여력이 없었다.

"큭, 운… 이 좋구… 나."

힘없이 무너지는 묵의개를 보면서 악기는 승리의 기쁨을 만끽할 수가 없었다.

그의 말대로 운이 좋지 않았다면 묵의개보다 숨이 먼저 끊어진 것은 자신이었을 터. 지옥문 앞까지 다녀온 그의 기분은 그야말로 최악이었다.

묵의개의 몸에 박힌 칼을 신경질적으로 빼 든 악기가 그렇잖아도 미처 날뛰는 수하들에게 악에 받쳐 소리를 질렀다.

"단 한 놈도 살려두지 마라. 한 놈이라도 살아나갔다는 소리가 들리면 가만두지 않을 것이다."

그렇게 개방은 피에 잠겼다.

＊　　　＊　　　＊

"이, 이럴 수는 없다."

전통의 명문 창선문(彰善門)의 문주 부자성(釜紫聖)은 너무도 쉽게 문도들을 제압하고 들이닥치는 적들을 보며 피에 젖은 수염을 부르르 떨었다.

"크크, 내가 그랬지? 나를 쓰러뜨린다고 끝나는 것이 아니라고. 난 그저 운이 없어 걸렸을……."

부자성의 발아래에 쓰러져 있던 사내는 채 말을 끝내지도 못하고 그대로 숨이 끊어졌다.

부자성이 그의 목을 짓이겨 마지막 숨통을 끊어버린 것이었다.

"끝났다고 생각하지는 않았다. 그래도 이렇게 쉽게 무너지리라곤 더욱더 생각하지 못했지."

노도처럼 밀려들어오는 적의 모습을 확인한 부자성의 음

성에선 분노를 뛰어넘어 허탈함마저 묻어 나왔다.

"내 대에서 창선문의 명맥이 끊어지는구나."

나지막한 탄식과 함께 부자성은 늘어뜨렸던 검을 곧추세 웠다.

멸문의 길을 가더라도 마지막까지 당당함을 보여주는 것 이 문주로서 먼저 간 문도들과 식솔들에 대한 예의였다.

하지만 예고도 없이 들이닥쳐 창선문을 초토화시킨 적들 은 그런 아량을 베풀지 않았다.

"검을 내려놓는 것이 좋을 것이오. 살육을 하고 싶은 마음 은 없지만 원한다면 피할 생각도 없으니까."

부릅뜬 부자성의 눈이 파르르 떨리기 시작했다.

상대가 두려워서가 아니었다.

자신을 향해 걸어오는 중년인의 좌우로 목숨만큼 아끼는 손자들이 끌려왔기 때문이었다.

"더러운 놈들! 어린아이를 인질로 삼을 셈이냐?"

"착각하지 마시오. 힘이 없어서가 아니라는 것은 이미 증 명을 해보였으니까. 단지 더 이상의 피를 보기 싫을 뿐이오."

"이유가 무엇이냐? 대체 무슨 이유로 본문을 공격한 것이 냐?"

부자성이 검을 내리며 물었다.

"그전에 소개가 늦었소이다. 천폭단(天暴團) 단주 현노(玄

露)라 하오."

"천폭단?"

들어 본 적이 없는 이름이었다.

부자성이 미간을 찌푸리자 현노가 너털웃음을 지으며 말했다.

"굳이 기억해 내려고 애쓸 필요는 없소. 우리의 존재를 아는 이들 자체가 거의 없으니까."

불현듯 짚이는 바가 있었다.

"혹, 장군가냐?"

현노는 놀랍다는 표정을 감추지 않았다.

"호! 대단하오이다. 이리 쉽게 눈치챌 줄은 몰랐소."

천폭단은 장군총 개발을 일임 받은 구룡상회가 역천을 꿈꾸며 은밀히 육성한 무리 중 하나로 지금은 새롭게 회주가 된 한회(韓廻)의 충복이 되어 움직이고 있었다.

"정체를 숨기지 않는 것을 보니 마침내 움직이기 시작했다는 말이겠군."

"정확하오. 오늘 정오를 기점으로 장군가의 위대한 태동이 시작되었소. 천폭단의 첫 번째 목표로 창선문이 선택된 것이니 나름 영광으로 생각하시구려."

부자성은 영광 운운하는 현노의 목을 당장에라도 비틀어 버리고 싶었지만 극한의 인내력으로 간신히 참았다.

"간단히 말하겠소. 지금 창선문이 선택할 수 있는 것은 두 가지뿐이오. 그 첫 번째는 본가에 충성을 맹세하고 앞으로의 영광을 함께하는 것."

"닥쳐라!"

부자성이 불같이 화를 냈지만 현노는 가볍게 코웃음을 치며 말을 이어갔다.

"두 번째는 멸문지화를 당하는 것. 창선문에 속한 모든 것이 말살될 것이오. 장담컨대 아예 창선문의 흔적 자체를 지워버릴 것이오."

"자, 잔인한 놈들! 어찌 인간으로서 그리……."

"분명히 살 길을 열어줬소. 그것을 거부하는 것은 분명 문주의 선택일 터. 난 문주가 어떤 선택을 할지 몹시 궁금하오이다."

차갑게 웃은 현노가 손짓을 하자 창선문에 속한 모든 식솔과 포로가 된 문도들이 끌려왔다.

현노의 말을 들었는지 다들 두려움에 덜덜 떨고 있었다.

"놈들에게 굴복해선 안 됩니다, 사부님. 놈들에게 그런 치욕을 당하느니……."

"그럼 죽어."

빙글 몸을 돌린 현노가 가차없이 사내의 목을 베어버렸다.

사내의 몸에서 뿜어져 나온 피가 사방에 뿌려지고 찢어지는 비명이 부자성의 가슴을 뒤흔들었다.

"삶을 원하는 자에겐 기회를 줄 것이고 죽기를 원하는 놈은 바로 죽여줄 것이오. 자, 선택하시오. 편의를 봐주고 싶지만 오랜 시간을 기다릴 수는 없소."

부자성은 피 묻은 검을 혀로 핥으며 웃음 짓는 현노의 모습에 자신도 모르게 몸서리를 쳤다.

창선문의 모든 것을 말살하겠다는 말이 결코 빈말이 아님을 뼈저리게 느낄 수 있었다.

몇 번을 갈등했으나 결국 답은 나와 있었다.

부자성이 들고 있던 검을 힘없이 던져 버렸다.

"사부님!"

안타깝게 외치는 사내를 향해 현노의 고개가 홱 돌아갔다.

"멈춰라! 난 이미 검을 버렸다."

부자성이 다급히 외쳤다.

"확실한 것이오?"

밝게 웃으며 되묻는 현노.

그의 검은 어느샌가 청년의 목에 거의 근접해 있었다.

만약 부자성이 조금만 늦게 반응을 했다면 청년은 순식간에 목숨을 잃었을 것이다.

찰나의 순간에 목숨을 구한 청년이 자신도 모르게 주저앉았다.

"운이 좋은 녀석이군."

현노가 검면으로 청년의 볼을 툭툭 건드린 뒤 굴욕감에 부들부들 떨고 있는 부자성에게 걸어갔다.

"옳은 선택을 한 것이오. 굴욕은 잠깐이지만 영화는 영원한 것. 언제고 오늘의 선택이 최고의 결단이었음을 알게 될 것이오. 아, 그전에 확실하게 해둘 것이 있소."

현노가 뒤쪽으로 신호를 보내자 수하들이 부자성의 손자와 손녀를 비롯하여 몇몇 아녀자의 팔다리를 잡았다. 그리곤 그들의 콧속으로 무엇인가를 집어넣었다.

"무, 무슨 짓이냐?"

"너무 걱정하지 마시오. 아무것도 아니니까."

현노가 대수롭지 않게 말을 했지만 부자성은 그럴 수가 없었다.

"무엇이냐고 물었다."

당장에라도 달려들 기세에 현노가 어쩔 수 없다는 듯 고개를 으쓱이며 말했다.

"정히 궁금하다면 가르쳐 주겠소."

현노가 품에서 조그만 상자를 꺼내어 그 안에서 꿈틀거리는 벌레들을 보여 주었다.

"혈고(血蠱)라는거요."

"혈… 고?"

"그렇소. 조금 징그럽게 생기긴 했어도 그리 크지 않으니 몸에 넣는 것에 큰 무리는 없었을 거요. 보시오. 내 말이 틀리는지."

현노가 혈고를 몸에 품은(?) 사람들을 가리키며 웃었다.

그의 말대로 머리를 움켜쥐고 구역질을 하는 사람들이 보이긴 했지만 큰 이상은 없어 보였다.

"짐작은 하고 있겠지만 몸에 들어간 혈고는 평상시에는 아무런 해를 끼치지 않소. 자리를 잡으면 의식도 하지 못할 거요. 대신 자극을 받으면 문제가 심각해지지만."

현노는 상자에 들어 있는 벌레 중 유난히 덩치가 크고 색깔마저 독특한 혈고를 손톱으로 지그시 눌렀다.

반응은 곧바로 나왔다.

혈고가 몸을 꿈틀거리는 것과 동시에 몸 안에 혈고를 지니고 있던 자들이 끔찍한 비명을 지르며 쓰러지기 시작했다.

땅 바닥에 머리를 찧는 사람, 바닥을 구르며 온몸을 비트는 사람, 두 눈을 희번덕거리며 입에 거품을 무는 사람 등등 다양한 반응이 나타났지만 공통적인 것은 그들이 몹시 고통스러워한다는 것이었다.

"그, 그만하시오. 어서!"

보다 못한 부자성이 다급히 현노를 말렸다.

어느 샌가 말투도 바뀌어 있었다.

그런 부자성을 바라보던 현노가 입가에 부드러운 미소를 지으며 느긋하게 손을 거두었다.

그와 동시에 언제 그랬냐는 듯 쓰러져 있던 모든 이가 안정을 되찾았다.

"너무 그런 눈으로 보지 마시오. 우리가 안면이 있거나 그렇게 인연이 돈독한 사이도 아니고 솔직히 항복을 하고 충성을 맹세했다고 완전히 믿을 수는 없는 노릇 아니겠소. 이건 그저 최소한의 안전장치일 뿐이오. 앞서 말했듯 자극만 하지 않으면 아무런 이상도 없소."

"평생 동안 몸에 심고 있으란 말이오?"

"그거야 문주와 창선문이 하기에 달렸소."

악마 같은 웃음을 짓는 현노의 모습에서 부자성은 아찔한 절망감을 느껴야만 했다.

부자성의 시선이 혈고를 몸에 지닌 이들에게 향했다.

손자 손녀를 비롯하여 창선문 수뇌들의 가족들.

장군가는 치밀했다.

명예나 자존심 따위로 인해 결코 희생시킬 수 없는 이들만을 골라 혈고를 심은 것이다. 그것도 아녀자와 아이들을 위주로.

손톱이 손바닥을 파고 들어갈 정도로 주먹을 꽉 쥐었다.

"그렇게 억울해하지는 마시구려. 그래도 창선문은 운이 좋은 편이오. 혈고를 아무에게나 사용하지는 않으니까."

부자성이 원독에 찬 눈으로 노려보자 현노 또한 정색을 하며 말을 이었다.

"팽가 같은 경우는 협상 자체가 없소."

"팽가는 그리 쉬운 상대가……."

"잊었나 보구려. 우리는 장군가요. 팽가 따위는 문제가 아니오. 특히 팽가를 공격하는 멸폭단주는 본인과는 달리 성질이 아주 더럽소이다. 모르긴 해도 개미새끼 한 마리 남기 힘들 것이오."

"후우~"

현노의 끝없는 자신감을 부정할 수 없었던 부자성이 한숨을 내쉬며 고개를 들었다.

구름 한 점 없는 하늘은 시리도록 눈부셨지만 창선문의 미래는 암울함 그 자체였다.


*       *       *


현노가 창선문을 완전히 굴복시키던 시각, 그의 장담대로 하북의 맹주 팽가는 느닷없이 들이친 적을 맞아 치열한 싸움을 펼치고 있었다.

처음 기습이 성공적으로 이뤄졌을 때만 해도 멸폭단(滅暴

團)을 이끌고 있는 귀두룡(龜頭龍)은 싱겁게 싸움이 끝나리라 예상했다.

수하들의 반대에도 불구하고 일부 병력을 주변 문파를 공격하는데 동원한 것이 매우 적절한 판단이라 자찬할 정도였다.

하지만 그것이 자신의 뼈저린 실수임은 내원에서 쏟아져 나온 노고수들에 의해 증명되었다.

숫자는 많지 않았다.

게다가 하나같이 오늘 내일 할 정도로 골골해 보이는 영감들뿐이었다.

그런데 만만치가 않았다.

솔직히 지금껏 싸웠던 젊은 무인들과는 상대가 되지 않을 정도로 막강한 무위를 자랑했다.

"늙은이들의 실력이 만만치가 않습니다."

멸폭단의 부단주이자 멸폭일대를 지휘하고 있는 하범(夏汜)이 피투성이가 된 얼굴로 달려왔다.

"당한 거냐?"

귀두룡이 신경질 적으로 물었다.

"조금 다치긴 했습니다."

"병신 같은 놈."

"상대는 뒈졌습니다."

"자랑이다. 어때? 일대만으로 감당할 수 있겠어?"

귀두룡이 원로들과 팽가의 젊은 무인들이 하나가 되어 막고 있는 곳을 가리키며 물었다.

"감당이야 할 수 있지만 몇 놈 못 살아날 것 같습니다. 그냥 하나 더 붙여 주십시오."

하범의 당당한 요구에 귀두룡은 흉터로 가득한 양 볼을 씰룩이더니 전령을 불렀다.

"지금 즉시 호규(虎圭)를 불러라. 일대를 지원하라고 해."

하범은 전령이 포위망을 구축하고 있는 멸폭오대를 부르러 달려가자 그제야 만족한 미소를 지었다.

"감사합니다, 단주님. 아, 그런데 그 영감들은 어디에 있는 겁니까?"

"이미 안쪽으로 진입했다. 팽가의 수뇌들이 몇 보이지 않는 것은 바로 그 영감들의 활약 때문일 거다."

"그래도 밥값은 하는군요."

"어쩔 수 없겠지. 혈고가 머리에 심어진 이상 충성을 바치지 않으면 뒈질 수밖에 없으니까."

귀두룡이 양손으로 머리가 폭발하는 듯한 모습을 흉내 내며 음산한 웃음을 흘렸다.

"그래도 억울하지는 않을 겁니다. 옛 회주가 그들에게 약속한 대로 돈은 충분히 준다고 하는 것 같으니까요."

"모르는 소리. 너 같으면 그 돈 몇 푼에 마음껏 움직일 수 있는 자유를 포기하겠냐? 난 죽어도 못한다."

"몇 푼이 아니니까 그렇지요. 그들에게 약속한 돈의 액수가 어마어마한 것으로 알고 있습니다."

"그래도 난 싫다. 멸폭오대가 도착한 것 같으니까 헛소리는 그만하고 빨리 끝내기나 해. 시작부터 발목이 잡히면 안 되잖아. 갈 길이 멀다."

"그러지요."

하범이 빠르게 접근하는 멸폭오대를 힐끗거리며 물러나자 귀두룡이 아직까지 무너뜨리지 못하고 있는 하북팽가의 내원을 향해 고개를 돌렸다.

"그나저나 대단하단 말이야. 도대체 누가 혈고 같은 끔찍한 물건을 만들어냈을까?"

품속 상자에 들어 있는 혈고가 금방이라도 가슴 속을 파고들까 봐 영 찝찝한 귀두룡이었다.


"아버님. 더 이상 버틸 방법이 없습니다."

얼굴에 피칠갑을 한 팽혼이 절망에 찬 얼굴로 달려왔다.

"어디까지 왔느냐?"

"막 내원으로 통하는 담을 넘었습니다. 놈들을 막고 있던 원로들은 모조리 목숨을 잃었고 풍뢰진천대 또한 전멸을 당했습니다. 필사적으로 막고는 있지만 언제 들이닥칠지 모릅니다."

"풍뢰진천대까지……."

팽도언의 입에서 짧은 신음이 흘러나왔다.

지난날 사사천교에서 풍뢰진천대의 핵심 전력을 상실한 것이 뼈아프게 다가왔다. 그나마도 반으로 나뉘어 천무장의 개파대전의 사절단으로 보내지 않았던가.

"저놈들만 아니었다면 그리 쉽게 무너지도록 놔두지는 않았을 텐데."

팽도언은 내원으로 난입하여 무차별적으로 살상을 벌이던 괴인들을 가리키며 이를 뿌득 갈았다.

그들 대다수가 목숨을 잃었고 도주한 자는 얼마 되지 않았지만 그들로 인해 발생한 피해가 상당했다.

무엇보다 자신은 물론이고 팽가의 핵심 수뇌들이 발이 묶인 것이 컸다. 그렇지 않았다면 적들의 기세가 아무리 강하다 하더라도 이토록 허무하게 무너지지는 않았을 것이다.

"놈들의 정체는 밝혀졌느냐?"

"스스로를 멸폭단이라 했습니다."

"멸폭단?"

팽도언의 반문에 팽혼 또한 고개를 흔들었다.

"그렇다면 답은 하나로구나."

"짐작 가시는 곳이라도 있는 것입니까?"

"당금 천하에 이런 식으로 본가를 공격할 수 있는 자들은 사실상 없다. 더구나 내원을 공격했던 이들은 하북에서도 이름 꽤나 날리던 자들이었어. 특이할 것은 정, 사, 마를 가리지 않았다는 것. 이들을 한꺼번에 동원할 수 있는 자들은 오직 장군가뿐이라 생각한다."

팽혼의 눈이 휘둥그레졌다.

"자, 장군가라 하시면……."

"그래. 놈들이 본격적으로 발톱을 드러냈다고 보면 될 것이다. 제대로 기회를 잡았군. 무림의 모든 이목이 천무장의 개파대전과 천룡쟁투에 쏠려 있는 지금을 노렸으니까 말이야. 아마도 본가뿐만 아니라 많은 문파가 공격을 당하고 있겠지."

팽도언은 허를 찔렸다는 듯 입술을 질끈 깨물었다.

"숙부님!"

다급한 외침과 함께 중년 사내가 달려왔다.

"너……."

팽도언은 한쪽 팔을 잃은 팽서윤의 모습에 말을 잇지 못했다.

팽서윤은 부상 따위는 아무것도 아니라는 듯 말했다.

"놈들이 내원으로 진입하기 시작했습니다. 더 이상 버티는 것은 무립니다."

"내, 내원까지!"

팽혼의 얼굴이 딱딱하게 굳었다.

"식솔들은?"

"비밀통로로 대피를 시켰습니다만 안전한 퇴로를 확보했다고 말씀드릴 수는 없습니다. 만약 적이 비밀통로의 존재를 알고 있거나 포위망을 구축하고 있다면…….."

팽서윤은 최악의 경우 어떤 끔찍한 결과가 벌어질지 알기에 차마 입을 열지 못했다.

"그래도 어쩔 수 없지. 이곳에 있어도 위험하기는 매한가지다. 최선을 다해 탈출을 시켜 봐야지."

무사히 탈출할 가능성이 그다지 크지 않다는 것을 알면서도 어쩔 수 없는 선택이었다.

"많은 병력을 돌릴 수도 없습니다."

"그렇겠지. 자칫 탈출 시도를 알려줄 수도 있으니까. 결국 마지막 희망은 녀석에게 달린 셈이구나."

팽도언이 고개를 들어 비밀통로의 출구가 있는 맞은편 산의 능선을 가만히 바라보았다.

"누구를 말씀하시는…….."

팽도언의 시선을 따라가며 묻던 팽혼의 얼굴이 경악으로 물들었다. 맞은편 능선에 누가 있는지 떠올린 것이다.

'마, 말도 안 돼!'

있을 수 없는 일이었다.

믿을 수도 없었다.

팽혼의 반응을 지켜보던 팽도언이 그의 어깨를 가만히 두드리며 말했다.

"그 녀석. 생각보다 훨씬 큰 놈이었다. 노부마저 감쪽같이 속일 줄은 상상도 못했어. 서윤아."

"예, 숙부님."

"녀석에게 연락은 확실하게 했겠지?"

"예."

"행여나 우리를 구하겠다고 이곳으로 달려와서는 안 될 것이다. 녀석의 어깨에 팽가의 미래가 달렸어."

"소여를 보냈습니다. 영특한 아이니 잘 설득했을 것입니다. 무엇보다 탈출을 하는 식솔들의 안위가 달렸으니까요."

"그래, 잘했다. 천무장으로 간 윤이와 녀석이 힘을 합치면 본가는 유례없는 전성기를 보내게 될 터. 하지만 아쉽구나. 녀석이 창공을 훨훨 날 수 있도록 날개를 달아주어야 할 우리가 이곳에서 꺾이게 되었으니 말이다."

"……."

여전히 충격이 가시지 않은 것인지 팽혼은 아무런 말도 하지 못했다.

"그래도 상관없다. 진정한 영웅은 이런 난세에서 태어나는 법이니까."

팽도언은 부드러운 미소와 함께 어쩌면 유언이라 할 수 있는 말을 읊조렸다.

"너를 믿기에 이 할애비는 당당히 싸울 수 있구나."

팽도언은 자신의 염원이 맞은편 산 능선에 닿기를 기대하며 천천히 몸을 돌렸다.

\*       \*       \*

정무맹을 코앞에 둔 이 층 주루.

정무맹 공략의 명을 받고 도착한 천검이 한 중년인과 술을 마시고 있었다.

"준비는 되셨습니까?"

천검이 그의 맞은편에 앉아 있는 흑랑회주 좌청패에게 공손히 물었다.

자신이 비록 천무장주의 직계로 직접 명을 받고 움직였지만 상대는 칠주의 수장이었고 이번 정무맹 공략의 책임자 역시 좌청패였기에 최대한 예의를 차렸다.

"준비야 진즉에 되었지. 그저 때를 기다리고 있었을 뿐."

좌청패가 가볍게 웃으며 주루 밖으로 시선을 던졌다.

정무맹으로 통하는 대로변에는 온갖 사람이 바삐 움직이고 있었는데 특히 정무맹을 찾는 무인들이 많았다.

그들 중 어느 정도의 수가 흑랑회 소속의 낭인 인지는 좌청패 그 자신도 알지 못할 정도였다.

"언제 시작하실 생각입니까?"

"이미 시작은 되었네."

"예?"

천검이 깜짝 놀라 되물었다.

"뭘 그리 놀라나? 직접적인 공격은 아니지만 이미 정무맹 안으로 침투한 이들이 있다네. 아, 저기 오는군."

좌청패가 구부정히 걸어오는 노인을 가리키며 말했다.

천검은 고개를 돌리기도 전 본능적으로 자신과 같은 부류의 사람이 접근하고 있음을 직감했다.

"아, 설 선배님이 아니십니까?"

천검이 설유를 알아보곤 벌떡 일어나 인사를 했다.

지금이야 장주 직속으로 잠혼과 멸혼을 이끌고 있지만 과거 그는 은환살문에 맡겨져 설유로부터 살예를 배운 경험이 있었다. 이후, 천검은 그를 사부의 예로써 대했다.

"누군가 했더니 자네였군. 오랜만이네."

설유 역시 천검을 알아보고 반가워했다.

"예. 선배님. 한데 은환살문이 직접 움직인 겁니까?"

"그건 아닐세. 본문의 목표는 따로 있네. 다만 군사께서 지원을 하라고 하셔서 왔다네. 살곡이라고 기억하나?"

설유가 천검이 따라준 술잔을 비우며 물었다.

"물론이지요. 삼대 살문을 어찌 모르겠습니까?"

"우리가 살문을 흡수한 것도 알겠군."

"예."

천검이 고개를 끄덕였다.

"살곡의 살수들을 조금 동원했네. 우리 못지않은 실력을 지닌 곳이니 큰 도움이 될 걸세."

좌청패가 말을 이었다.

"설 장로가 데리고 온 살수들을 동원하여 내부를 혼란하게 할 생각이네. 대낮부터 살수들이 휘젓고 다니면 볼 만할 게야."

좌청패는 정무맹을 공격할 생각에 벌써부터 흥분이 되는지 잔뜩 상기된 표정이었다.

"하면 저들이 경계를 하지 않겠습니까?"

천검이 조금 의아해하는 얼굴로 물었다.

"걱정하지 말게 살수들이 본격적으로 움직이는 것은 우리의 공격이 시작된 이후라네. 그래야 더욱 효과적일 테니까."

"그렇군요."

천검이 이해를 한 듯하자 좌청패가 때마침 대로변을 이동하고 있는 우차(牛車)를 가리키며 말했다.

"소개하지. 저것이 뇌화문에서 준 선물이라네. 이번 싸움을 시작할 무기이기도 하지."

"무엇입니까?"

"뇌화문에서 주었다면 뻔한 것 아니겠는가? 폭약일세. 폭약을 실은 우차를 이용하여 정문인 남문과 북문을 동시에 타격할 생각이네."

"장관이겠군요."

천검이 폭약에 무너져 내리는 성벽을 떠올리며 말했다.

"우차가 정문을 무너뜨리면 그것을 신호로 하여 사방에서 공격이 시작될 것이네."

"하면 저는 북문 쪽을 공략하겠습니다."

"그렇게 하게나. 솔직히 기대가 커. 자네와 멸혼대의 실력이야 모르는바가 아니나 불사완구라했던가, 이번에 새롭게 얻었다는 물건이?"

"예."

"어떤 위력을 보일지 정말 궁금하단 말이야."

"글쎄요."

천검은 묘한 웃음을 지으며 대답을 피했다.

"참, 그거 아나?"

"무엇을 말입니까?"

"이번 싸움에 포로는 없다고 수하들에게 공표해 두었네."

천검의 표정이 살짝 굳어졌다.

"괜찮으시겠습니까?"

"군사께서도 허락한 사안이네. 어쩌면 좋은 본보기가 될 수도 있다고 여기신 모양이야."

"그렇군요."

솔직히 마음에 들지는 않았지만 본보기가 될 수 있다는 말은 충분히 이해가 갔다.

삼세이자 백도문파의 상징이라 할 수 있는 정무맹이 초토화 된다면 힘의 차이를 확실히 느낀 여러 문파가 백기투항을 할 수도 있을 것이고 쓸데없는 싸움을 상당히 피할 수도 있을 것이다.

"저는 이만 일어나겠습니다. 조금 서둘러야 할 듯싶군요."

공격이 임박한 지금, 공격의 시간을 맞추려면 사람들의 이목을 끌기 쉽기에 최대한 눈에 띄지 않게 분산시킨 불사완구를 한곳으로 소집해야 했다.

"명심하게. 공격의 시작은 우차가 성문을 무너뜨리는 순간이라네."

"안에서 뵙겠습니다."

좌청패와 설유에게 정중히 인사를 한 천검의 신형이 연기처럼 사라졌다.

　　　　＊　　　＊　　　＊

"지금부터 절대로 소리가 나서는 안 됩니다. 적들이 눈치를 채는 순간 모든 것이 끝장이니 주의해 주시기 바랍니다."

횃불을 들고 맨 앞에서 식솔들을 이끌고 있던 팽은(彭闇)이 긴장된 표정으로 뒤를 돌아보았다.

팽가의 미래라 할 수 있는 아이들과 아녀자들이 겨우 한두 사람 지나갈 정도로 좁은 비밀통로를 통해 힘겹게 따라오고 있었다.

그다지 길지 않은 시간이었음에도 무더운 날씨에 탁한 공기 때문에 다들 지친 기색이 역력했다.

하지만 무엇보다도 그들을 힘들게 만든 것은 언제 적들이 들이닥쳐 목숨을 앗아갈지 모른다는 공포심이었다.

"통로를 벗어난 다음엔 어찌해야 하는 것이냐?"

젊은 아낙의 부축을 받으며 힘겹게 걸음을 옮기던 노부인이 물었다.

"통로 끝에 대기하고 있는 사람이 있을 것이라 했습니다. 그의 지시대로 움직이면 된다고 알고 있습니다, 대부인."

팽은이 공손히 대답했다.

"그가 누구인지는 모르고?"

"예."

"알았다. 어서 앞장서거라."

노부인이 고개를 돌려 불안에 떠는 이들에게 말했다.

"곧 길이 끝난다고 하니 힘들겠지만 최선을 다해 참도록 해라. 팽가의 미래가 너희에게 달렸음을 잊지 말고."

노부인의 당부가 끝나기를 기다렸던 젊은 무인들이 앞쪽으로 이동을 했다.

혹여 적의 추격이 있을까 후미를 경계하던 이들이었는데 그 수가 고작 열둘이었다.

얼마를 더 이동했을까?

팽은의 신호로 뒤따르던 모든 이가 걸음을 멈췄다.

팽은이 내민 횃불에 무성한 가시덩굴이 모습을 보였다.

횃불을 옆에 있던 청년에게 전한 팽은이 조심스레 가시덩굴을 잘라냈다.

빽빽하게 엉켜있는 가시덩굴이 팽은의 검에 의해 무수히 잘려 나가고 동굴 안쪽으로 조금씩 빛이 스며들었다.

빛이 커질수록 팽은의 움직임은 더욱 조심스러웠다.

바깥에서 들리는 은밀한 인기척에 팽은의 검이 그대로 멈췄다.

숨 막힐 듯한 긴장감.

팽은은 언제라도 공격할 수 있도록 검을 꽉 움켜쥐고 앞을 노려보았다.

"소여예요. 공격하지 마세요."

나직하게 들려오는 음성에 팽은은 전신의 기운이 쭉 빠지는 느낌이었다.

"비밀통로 끝에 기다리는 사람이 있을 거라더니 소여, 네가 기다리고 있었구나."

팽은이 마지막 남은 가시덩굴을 걷어내며 말했다.

"아저씨가 오셨군요."

가시덩굴 사이로 팽은의 얼굴이 보이자 팽소여(彭素麗)의 눈가에 눈물이 고였다.

"다른 사람들은요?"

"걱정 마라. 무사하니까."

동굴을 빠져나온 팽은이 팽소여의 어깨를 두드려 주었다.

"너희도 애썼다."

팽은이 팽소여와 함께 탈출구 주변을 경계하고 있는 청년들을 둘러보며 고개를 끄덕였다.

"작은 할머니!"

팽소여가 힘겹게 걸음을 옮기는 노부인을 향해 달려갔다.

"네가 어디에 갔나 했더니 이곳에 있었구나."

노부인이 눈물을 흘리는 팽소여를 가만히 안아 주었다.

그러는 사이 육십에 가까운 식솔들이 비밀통로를 빠져나

왔다.

그들이 모두 빠져나오기도 전에 팽은이 물었다.

"이제 어찌해야 하는 것이냐? 계획은 있는 것이겠지?"

"아직은 움직일 때가 아니에요."

"움직일 때가 아니라니? 적이 언제 추격을 해올지 모른다. 발각되면 모든 것이 끝이야."

팽은이 다급한 표정을 지으며 말했지만 팽소여는 고개를 흔들었다.

"적들이 어디까지 감시하는지 모르는 상황에서 무작정 움직일 수는 없어요. 탈출로를 찾기 위해 움직인 오라버니가 올 때까지 이곳에서 기다려야 해요."

팽소여가 상황의 심각성을 인식하지 못하고 있다고 생각했는지 팽은의 미간이 잔뜩 찌푸려졌다.

"대체 무슨 소리를 하는 거야? 오라버니라니? 지금 누구를……."

바로 그때였다.

답답함에 가슴을 치던 팽은의 두 눈이 휘둥그레졌다.

쩍 벌어진 입은 다물어질 줄을 몰랐고 검을 쥔 손이 부들부들 떨렸다.

"내, 내가 지금 헛것을 본 것은 아니겠지?"

도저히 믿을 수가 없는지 팽은이 연신 눈을 비비며 물었다.

팽소여의 입가에 엷은 미소가 지어졌다.

"저도 처음에 믿지 못했어요. 얼마나 놀랐던지……."

어느새 그녀 앞에 나타난 한 사내가 착 가라앉은 목소리로 말했다.

"놀랄 것도 많다."

사내가 팽은을 향해 고개를 돌렸다.

"오랜만입니다, 아저씨."

"여, 염? 염이 맞느냐?"

"예."

팽염이 봉두난발한 머리를 쓸어 올리며 씁쓸히 미소 지었다.

"네, 네가 어찌하여 이곳에? 아니 그보다 그 몸은……."

팽은은 폐인이 된 후, 뼈만 앙상했던 과거와는 달리 어느 정도 정상적인 몸을 회복한 팽염의 모습에 놀라움을 감추지 못했다.

"주화입마를 당해 폐인이 된 것이 아니었더냐?"

"잠시 그런 적이 있었습니다만 지금은 아닙니다."

"그랬구나. 네가 이곳에 있기에, 그래서 가주께서 웃으면서 우리를 보내신 것이로구나."

팽은은 몇 년 전까지 하북팽가의 미래라 칭해졌던 팽염의 두 손을 잡고 뜨거운 눈물을 흘렸다.

영문을 몰라 했던 식솔들 또한 감격의 눈물을 흘리고 있었다.

"할아버님과 숙부님은 남으신 겁니까?"

팽은이 묵묵히 고개를 끄덕였다.

"그러셨군요. 소여를 보내셨을 때 예상은 했습니다."

팽염이 착잡한 표정을 감추지 못하고 한숨을 내쉬었다.

"염이, 너 이 녀석. 몸이 회복이 되었으면서도."

팽소여로부터 그간의 사정을 간단히 설명을 들은 노부인이 기쁨과 슬픔, 노함이 뒤섞인 얼굴로 팽염을 바라보았다.

"죄송합니다, 작은 할머니. 용서는 이곳을 무사히 벗어난 후에 빌도록 하겠습니다. 아저씨."

"그래."

"적들이 생각보다 많이 깔렸습니다. 놈들의 이목을 숨기기가 쉽지는 않습니다."

팽은의 안색이 어두워졌다.

"하면 어찌해야 하느냐?"

"일단 반대쪽 능선을 따라 움직여야겠습니다. 유일하게 적의 매복이 없는 지역입니다."

"하지만 북쪽 능선은 너무 가팔라서……."

"그래도 적을 만나는 것보다는 낫습니다."

"음."

"지금 이 상황에서 편한 길을 찾는 것도 우습겠지. 그쪽으로 가자꾸나."

노부인의 말에 팽은은 물론이고 아무도 반발하지 못했다.

"제가 앞장을 서겠습니다. 후미의 경계는 아저씨가 해주세요. 빠르게 이동을 해야 하니 다른 사람은 식솔들을 보살피는 것이 좋겠군요. 문제가 생기면 곧바로 달려오겠습니다."

팽은에게 당부의 말을 남긴 팽염이 곧바로 무리를 이끌기 시작했다.

팽소여 등이 노부인을 부축하고 청년들이 가파른 산길을 이동하기 힘든 식솔들을 부축하거나 들쳐 업고 뒤를 따랐다.

그러나 적이 어째서 경계병을 두지 않았을지 이해가 갈 정도로 북쪽 능선은 예상했던 것보다도 훨씬 가팔랐다.

과거 사냥꾼들이나 사용하던 좁은 길은 희미하게 흔적만 남았고 뾰족이 솟아나온 바위들과 빽빽이 들어찬 수목, 무성한 덩굴들이 일행의 앞을 가로막았다.

그나마 선두에선 팽염이 완벽하게 길을 뚫고 있기에 망정이지 그렇지 않다면 애당초 아녀자들과 아이들을 데리고 이동하는 것을 포기해야 할 정도로 힘든 길이었다.

"조금만 힘을 내세요, 작은 할머니. 곧 벗어날 수 있을 거예요."

팽소여가 힘에 부치는 모습이 역력한 노부인을 안다시피

하며 말했다.

"걱정 말거라. 이 정도에 주저앉지 않아. 가주님과 약속했다. 팽가가 부활할 때까지 이 할미가 너희 모두를 보듬어 주겠다고."

이를 악물고 걸음을 옮기는 노부인의 모습에 팽소여는 애써 눈물을 감춰야 했다.

힘든 것은 노부인만이 아니었다.

아녀자들과 아이들 역시 거의 기다시피 하며 산을 올랐다.

그러나 날카로운 바위도, 뾰족한 가시 덩굴도, 무성하게 자란 풀잎도, 위압적으로 자라난 나무도 그들의 발걸음을 막지는 못했다.

긁히고, 베이고, 할퀴고, 온몸에 상처를 입으면서도 단 한마디의 불평을 터뜨리지 않았고 뒤로 처지는 사람도 없었다.

그들은 자신들이 어떤 희생을 대가로 목숨을 건졌는지 너무도 잘 알고 있었다. 또한 살아난 다음엔 무엇을 해야 하는지도.

식솔들의 이동을 살피던 팽염은 화광(火光)이 충천한 남쪽 하늘을 보며 입술을 꽉 깨물었다.

지금 이 순간까지도 팽언도를 비롯하여 팽가의 무인들은 탈출하는 식솔들을 위해서, 팽가의 자존심과 명예를 위해서 싸우고 있을 터였다.

팽염은 그들을 위해 가만히 머리를 숙였다.

팽염의 행동을 의아해하던 식솔들도 곧 그 의미를 깨닫고 다 같이 고개를 숙였다.

그리곤 팽가의 부활과 복수를 다짐하고 또 다짐하며 몸을 돌렸다.

이글거리는 식솔들의 눈빛을 보며 팽염은 생각했다.

'팽가는 아직 죽지 않았다.'

第二十五章
혈루(血淚)

정무맹의 남쪽 정문.

활짝 열려 있는 정문의 좌우에 늘어선 외성 경비대 소속의
대원 중 하나가 연신 하품을 해대고 있었다.

"아함. 오늘따라 왜 이렇게 졸린지 모르겠네."

외성 경비대의 고참 이선이 뒷목과 어깨를 주무르며 기지
개를 켰다.

바로 곁에 있던 양점이 코를 부여잡고 한 걸음 물러났다.

"크, 술 냄새. 그렇게 작작 좀 퍼 마시지. 그렇잖아도 조장
이 이를 북북 갈던데 그러다 큰일 난다. 제대로 걸리면 뼈도

못 추릴걸."

이선이 코웃음을 쳤다.

"모르는 소리. 어제 나한테 술을 퍼 먹인 사람이 누군지 알
아? 바로 장초 조장이야."

양점이 두 눈을 크게 떴다.

"그래? 융통성이 없어서 그렇지 근면하기가 소만큼이나 대
단한 사람이 술이라니 어찌 된 일일까? 무슨 일이라도 있는
것 아냐?"

"자세한 사정이야 나도 모르지. 다만 조금 힘들기는 할걸.
너도 알다시피 내가 이래 봬도 술 하나는 자신 있는 사람 아
니냐."

술이 센 것이 그렇게 자랑스러운지 뿌듯한 얼굴로 가슴을
탕탕 치던 이선이 정문으로 통하는 대로를 가리키며 큭큭거
렸다.

"호랑이도 제 말하면 온다더니 조장께서 납시는군."

"조장이? 어디에?"

황급히 사방을 살피는 양점. 그러나 어디에서도 장초의 모
습은 보이지 않았다.

"조장이 어디 온다는 거야?"

"답답하긴. 저 앞에."

양점이 이선이 가리키는 방향으로 고개를 돌렸다.

"저게 뭐야?"

양점이 정문을 향해 느릿느릿 다가오는 우차를 보며 황당
해하자 이선이 능글맞게 웃으며 말했다.

"소같이 근면한 사람이라며?"

"후~ 내가 말을 말아야지."

이선의 실없는 농에 한숨을 내쉰 양점이 아예 고개를 돌려
버리자 그것이 또 재밌었는지 이선이 크게 웃음을 터뜨렸다.

바로 그때였다.

이선의 웃음에 고개를 절레절레 흔들던 양점의 눈에 우차
에 타고 있던 사내가 슬며시 옆으로 빠지는 것이 들어왔다.

"어? 저 우차, 왜 저래?"

"뭐가?"

이선이 고개를 빼며 물었다.

"우차를 몰던 사람이 내렸어."

"흐흐흐, 뒤라도 급한 모양이지."

이선은 대수롭지 않게 여기며 키득거렸지만 양점은 그렇
게 생각을 할 수가 없었다. 정문을 향하는 우차의 속도가 갑
자기 빨라졌기 때문이다.

빨라졌다고 생각하는 순간, 우차의 질주가 시작됐다.

"저, 저!"

이선도 그제야 상황이 심각함을 인식하고 소리를 쳤다.

"경계하랏!"

이선의 외침에 정문의 위쪽에 위치한 이들까지 잔뜩 긴장된 모습으로 우차의 움직임을 예의 주시했다.

"꼬리에 불을 붙였어."

양점이 미친 듯이 돌진하는 소의 꼬리에 불이 붙어 있는 것을 눈치채곤 검을 빼 들었다.

"뭐하려고?"

"막아야지. 여기까지 접근시키면 안 돼. 무슨 일이 벌어질지 모르잖아."

"젠장!"

이선도 양점을 따라 몸을 날렸다.

한데 두 사람이 우차에 접근하기도 전에 그들을 향한 공격이 날아들었다.

"큭!"

난데없이 날아든 철전이 왼쪽 팔에 박히자 이선은 그대로 바닥을 굴렀다. 그리곤 철전을 뺄 여유도 없이 또 다른 암습을 경계했다.

연거푸 날아드는 철전.

이선은 필사적으로 철전을 쳐 내며 적의 공격을 알렸다.

"적이다!"

양점 역시 공격을 받기는 마찬가지였는데 이선보다 상황

이 더 좋지 않았다.

왼쪽 목 언저리를 스쳐 지나간 단검에 동맥이 끊긴 것인지 엄청난 피를 뿌리며 비틀거렸다.

"조심해!"

이선이 양점을 구하기 위해 움직이려는 찰나, 다섯 자루의 단검이 양점의 몸 곳곳에 박혔다.

"끄끄끄!"

"안돼!"

고통의 신음을 흘리며 무너지는 양점을 보며 복수심에 눈이 뒤집힌 이선이 단검을 날린 사내를 향해 달려갔다.

하지만 채 몇 걸음도 옮기기 전, 뒤를 덮친 철전에 의해 그 역시 그대로 절명하고 말았다.

두 사람이 쓰러지는 것과 동시에 우차가 정문에 도착했다.

이선 등의 경고로 다급히 정문을 폐쇄하는 데 성공했지만 그것이야말로 우차를 이용한 자들이 원했던 것임은 우차가 정문을 들이받으면서 확인되었다.

꽈꽈꽝!

거대한 폭발음과 함께 정문을 들이받은 우차가 흔적도 없이 날아갔다.

우차뿐만이 아니었다.

우차와 부딪친 정문은 물론이고 그 위의 누각과 성벽까지 모조리 무너져 내렸으니 그곳에 모여 있던 경계병 또한 단 한 명도 피하지 못하고 참변을 당하고 말았다.

정문을 무너뜨린 폭발의 여파가 조금 가라앉을 즈음 북쪽에서도 거대한 폭발음이 들려왔다.

"성공한 모양이군."

어느새 모습을 드러낸 좌청패가 만족한 미소를 지었다.

"설 장로도 움직일 때가 된 것 같네."

"잠시 후에 뵙겠습니다."

가볍게 예를 표한 설유가 조용히 물러났다.

'명불허전이로군.'

설유의 기척이 순식간에 사라지는 것을 느낀 좌청패가 혀를 내두르며 주변을 둘러보았다.

삼삼오오 모여든 흑랑회의 수하들이 그의 명령만을 기다리고 있었다.

"지금부터 살육의 시간이다. 단 한 놈도 남기지 말고 모조리 쓸어버려라!"

"와아아아!"

흑랑회의 낭인들이 일제히 함성을 지르며 정무맹을 향해 돌진했다.

끊임없이 이어지는 인의 물결.

어림잡아도 이삼천은 돼 보이는 낭인들이 정무맹을 유린

하기 시작했다.

"오늘 삼세 중 하나가 무너진다. 바로 나 좌청패에 의해서.
크하하하!"

천하가 떠나가라 광소를 터뜨린 좌청패가 열 명의 그림자
를 거느리고 느긋하게 걸음을 옮겼다.


"음."

영영과 비무에 열중이던 영호은이 검을 거두었다.

유대웅이 천무장의 개파대전을 다녀오는 즉시 공석으로
있는 정무맹의 감찰단주직을 수용하는 조건으로 영영과 추
뢰, 화산파 제자들의 무공을 봐주기로 약속한 영호은은 남과
북에서 들려오는 폭발음에 뭔가 심상치 않은 일이 벌어지고
있음을 직감했다.

"제가 다녀오겠습니다."

묵검삼대 중 유일하게 화산파 제자들을 따라 청송거를 방
문하던 예도주가 발 빠르게 움직였다.

"따라가는 것이 좋겠어요."

예도주만으론 불안했는지 영영이 운산에게 말했다.

"예, 사고."

운산이 즉시 명을 받고 예도주를 뒤따랐다.

"무슨 일일까요?"

영영이 표정을 굳히고 있는 영호은에게 물었다.

"글쎄다. 하지만 이 정도 폭발이, 짐작컨대 정문과 북문으로 예상되는구나. 정무맹을 뒤흔들 정도로 큰 폭발이 있었다는 것은 분명 심상치 않은 일이 벌어지고 있다는 것이겠지."

"혹 적들이 공격을 하는 것은 아닐까요?"

운해가 물었다.

"설마요? 동네 조금만 문파도 아니고 정무맹이라고요. 마황성이나 혈사림이 아닌 이상 어떤 미친놈이 이곳을 공격한단 말이에요. 사사천교까지 박살 난……."

뭔가를 떠올린 것인지 말을 하던 운격이 놀란 눈으로 입을 다물었다.

"서, 설마 장군가일까요?"

운요가 두려움을 감추지 못하고 물었다.

"아니길 바라야겠지. 만약 장군가라면……."

영호은도 차마 말을 잇지 못했다.

전 무림이 찾아 헤맸음에도 그 존재를 찾을 수 없을 정도로 철저하게 자신을 숨기던 장군가가 이처럼 대낮에 정무맹을 공격했다는 것은 이미 모든 준비가 끝났음을 의미하는 것이었다.

게다가 정무맹의 상당수 수뇌들과 병력이 천무장의 개파대전을 참석코자 떠났다는 것을 감안하면 그야말로 최악의 상황을 맞이한 셈이었다.

잠시 후, 상황을 알아보러 간 예도주와 운산 대신 피투성이가 된 사내가 청송거에 도착했다.

"노, 노사님!"

"너는 광종이 아니더냐?"

영호은이 비틀거리며 달려오는 전령이 운밀각주 조강이 청송거를 방문할 때 종종 데리고 다니던 광종임을 것을 기억하며 그를 막고 있는 화산파 제자들에게 손짓을 했다.

"대체 무슨 일이냐? 그 몸은 어째서 또 그렇고?"

"저, 적이 침입을 했습니다. 각주께서 노사님께 이 사실을 알리라고……."

숨이 가쁜 것인지 아니면 상처가 워낙 깊어 의식이 가물거리는 것인지 광종의 말끝이 흐려졌다.

"적이라니! 대체 누가? 혹 장군가더냐?"

"아직 확… 인하지 못했습니다만 정문… 과 북문을 통해 엄청난 무리가 쏟아져 들어오고 있습니다. 각주께선 그들이 장군… 가임을 확신하고 계셨습니다."

"그렇겠지. 그들이 아니면 누가 감히 정무맹을 넘볼까. 하지만 정말 고약하게 되었구나. 하필이면 지금."

영호은의 안색이 급격하게 어두워졌다.

"현재 상황은 어떻다고 하더냐?"

"그… 건 잘 모릅니다. 각주… 께선 적이 침입을 했다는 보고를 접하자마자 저를 노사께 보내… 셨습니다."

영호은은 광종의 상처를 돌보던 영영이 가만히 고개를 젓자 입술을 질끈 깨물었다.

"고생… 했구나."

"아, 아닙니다. 제가 할… 일을……."

광종은 미처 대답을 끝내지도 못하고 힘없이 고개를 떨궜다.

눈도 감지 못하고 숨이 끊어진 광종의 눈을 가만히 감겨 주는 영호은의 얼굴에 지금껏 보지 못했던 노기가 드러났다.

"어찌하실 생각인지요?"

영영이 조심스레 물었다.

"적이 침입했다고 하지 않더냐? 이대로 당할 수는 없는 노릇이지. 이 아이게도 면목 없는 일이고."

영호은이 광종을 가리키며 말했다.

"저희가 모시겠습니다."

영영의 다부진 모습에 영호은이 천천히 고개를 끄덕였다.

"고마운 일이다."

비록 어린 나이지만 그간의 비무를 통해 영영이 얼마나 뛰어난 고수인지 제대로 파악을 했다.

게다가 화산파 제자들 또한 정무맹의 그 어떤 무인들보다 뛰어난 실력을 자랑했으니 큰 힘이 될 터였다.

"가자꾸나."

영호은이 앞장을 서자 영영과 화산파 제자들이 긴장된 표정으로 그의 뒤를 따랐다.

청송거를 나선 영호은의 발걸음은 중앙이 아니라 북문 쪽으로 향했는데 정문보다는 상대적으로 북문의 경계가 취약하다는 판단 때문이었다.

아닌 게 아니라 치열한 교전이 펼쳐지는 정문과는 달리 북문 쪽은 그야말로 추풍낙엽처럼 쓸리는 중이었다.

하지만 그 이유는 영호은이 생각한 것처럼 단지 병력이 부족해서 그런 것만은 아니었다.

북문을 공격하고 있는 자들은 장군가에서도 최정예로 꼽히는 멸혼대와 모든 이의 기대를 한 몸에 받고 있는 불사완구였기 때문이었다.

멸혼대의 기습에 북문 쪽을 경계하던 경계병들은 아무런 반격도 하지 못한 채 순식간에 쓸려 버렸으며 인근에 숙소가 있던 호검단 또한 불사까지는 아니더라도 어지간한 실력으론 흠집도 낼 수 없는 불사완구의 출현에 속수무책으로 당하고 말았다.

그나마 호검단주가 한 구의 불사완구를 파괴하고 목숨을 잃은 것이 성과라면 성과였다.

거침없이 진격하던 그들의 발걸음은 북문 쪽의 상황이 심각하다는 것을 파악한 군사 모용인이 사사천교와의 싸움에서 전멸을 당한 후, 새롭게 편성한 정검단과 더불어 이십에 가까운 장로, 호법을 급파한 뒤에야 비로소 멈춰졌다.

그렇다고 우위를 잡거나 대등한 싸움을 한 것도 아니었다.

정검단의 대원 중 그 누구도 불사완구와 일대일로 싸울 수 없었으니 고작 스무 명에 불과한 장로들과 호법들이 이백에 육박하는 불사완구를 감당해야 하는 상황이었다.

정무맹의 장로, 호법이기 전에 한 문파를 대표하던 자들의 맹공에 무적처럼 보였던 불사완구가 하나둘 쓰러지기는 했으나 거기까지였다.

악귀처럼 달려드는, 게다가 천검으로부터 기존보다 뛰어난 무공을 배운 불사완구들의 집요한 공격에 눈물겨운 선전을 펼치던 장로들과 호법들의 수도 급감했다.

"어디서 이런 괴물이 나왔단 말인가!"

죽을힘을 다해 공격을 한 뒤에야 불사완구 하나를 겨우 처치할 수 있었던 호법 이적은 또다시 달려드는 불사완구를 바라보며 진저리를 쳤다.

고개를 돌려 주변을 살펴보니 아직까지 목숨을 부지하고 있는 장로와 호법의 수가 채 다섯이 되지 않았다.

그 짧은 시간에 정검단의 전력도 반으로 줄어든 상태였는데 그들이 쓰러뜨린 불사완구는 고작 십여 구에 불과했다.

"재앙이로구나!"

아득한 절망감이 밀려들었다.

*　　　　*　　　　*

비밀통로를 빠져나와 강행군을 펼친 지 한 시진.

어느 정도 위험을 벗어났다고 판단한 팽염의 걸음이 처음으로 멈춰졌다.

"이곳에서 잠시 쉬도록 하겠습니다."

팽염이 한마디에 한계에 이르렀음에도 억지로 참고 있던 이들이 그 자리에서 주저앉았다.

후미에서 경계를 하며 따라오던 팽은이 앞쪽으로 다가와 조용히 물었다.

"휴식 없이 이동하는 것이 무리라는 것을 알지만 괜찮을까? 추격대가 따라붙을 수 있다."

"그랬다면 이미 만났을 겁니다. 지금까지 무사한 것을 보면 놈들이 우리의 이동 경로를 놓쳤다고 볼 수 있습니다. 아니면……."

팽염이 입을 다물었지만 팽은은 그가 무슨 말을 하고 싶어 하는지 너무도 잘 알고 있었다.

아마도 추격에 신경 쓰지 못하도록 처절한 저항을 하고 있을 식솔들의 노력을 말하려고 했으리라.

"생존자가… 가능성… 은 없겠지?"

팽염이 씁쓸히 고개를 흔들었다.

"아마도요. 숨이 붙어 있는 한 단 한 사람도 항복하지 않을 겁니다."

"그렇겠지. 그것이야말로 팽가의 자존심을 지키는 길일 테니까."

그 말을 끝으로 한참 동안 침묵이 이어졌다.

팽은이 긴 침묵을 깼다.

"아직 놈들의 위협에서 완전히 벗어나지 못했다. 이런 상황에서 이 많은 식솔을 데리고 오랫동안 움직일 수는 없는 노릇. 어디로 갈 생각이냐?"

팽염이 쉽게 대답을 하지 못하자 당연하다는 듯 한숨을 내쉰 팽은이 제안을 했다.

"인근에 대홍문(大弘門)이 있다. 본가와의 관계가 나쁘지 않으니 일단 그쪽으로 피신을 하는 것이 어떠냐?"

"무리라고 봅니다."

팽염이 고개를 흔들었다.

"어째서?"

"장군가가 우선적으로 본가를 목표로 삼았지만 인근 문파를 그냥 둘 리가 없습니다. 직접적인 공격을 하지는 않을지 몰라도 어떤 식으로든 영향력을 행사하려 할 겁니다. 그런 상황에서 대홍문이 어찌 반응할지 판단키 힘듭니다."

"설마 배신이라도 한단 말이냐?"

"어쩌면요."

"그럴 리가 없다. 대홍문주는 그럴 사람이 아니야."

평소 대홍문주와 인연이 있었던 팽은이 살짝 굳어진 얼굴로 말했다.

"우리를 도와주다가 멸문지화를 당할 수도 있습니다. 그런 상황에서 끝까지 의리를 지키기는 힘듭니다."

"대홍문주는 대의를 위해서라면 목숨을 초개처럼 버릴 수 있는 사람이다."

"그렇다면 더욱 안 됩니다. 본가에 대한 의리를 지키려다 자칫하면 대홍문이 멸문지화를 당합니다. 우리가 살자고 대홍문에 그런 피해를 줄 수는 없는 노릇 아닙니까?"

"그, 그건……."

뭐라 반박할 말이 없던 팽염이 힘없이 물었다.

"그럼 어찌하잔 말이냐?"

잠시 망설이던 팽염이 이를 악물고 대답했다.

"일단 고모부에게 갈 생각입니다."

"고모부? 고모부라면……."

정신없이 머리를 굴리던 팽은이 이내 환한 얼굴이 되었다.

"광평부(廣平府)의 부주로 계시는 그분을 말하는 것이냐?"

"예."

"그래. 그 형님이 계셨구나. 내 어찌 그분을 잊고 있었을까?"

"솔직히 걱정입니다. 자칫하면 화가 고모부님께 이를 수도 있습니다."

"장군가가 아무리 미쳐 날뛰어도 관부를 함부로 건드릴 수는 없을 거다. 게다가 힘없는 아녀자들을 의탁하는 것. 본가와의 관계를 떠나 나라의 녹을 먹는 관리로서 힘없는 백성을 돌보는 것은 어쩌면 당연한 일이다. 최고의 선택이라 할 수 있겠구나."

"예."

팽염이 짧게 대답하면 몸을 일으켰다.

지금 상황에서 어쩔 수 없이 할 수밖에 없는 선택임에도 마음이 무거웠다.

팽염이 움직이자 휴식을 취하고 있던 팽가의 식솔들도 일제히 이동 준비를 했다.

쉬는 동안에 팽염과 팽은의 대화를 들어 목적지가 광평부라는 것을 알게 된 식솔들의 얼굴은 한결 밝아진 상태였다.

잠깐이나마 휴식을 취한 덕에 지친 몸을 추슬렀고 광평부에 도착만하면 적의 위협에서 벗어날 수 있을 것이란 희망 때문이었다. 무엇보다 광평부까지의 거리가 얼마 되지 않는다는 것이 그들을 안심시켰다.

하지만 모든 것이 뜻대로 만은 되지 않았다.

힘겹게 능선을 벗어난 뒤 최대한 인적이 드문 소로 길로 이동을 한 팽염 일행이 하필이면 광평부를 십 리 정도 앞둔 야산에서 사방으로 흩어져 인근 군소문파를 공략하고 돌아오던 멸폭삼대를 만나게 된 것이다.

흩어진 이들이 합쳐지지 않아 비록 이십여 명에 불과한 인원이었지만 일행의 대부분이 아녀자인 상황에서 큰 위협이 아닐 수 없었다.

또한 주변에 얼마나 많은 적이 있을지도 몰랐고 그들로 인해 추격자들이 따라붙을 수도 있다는 것을 염두에 두어야 했다.

"최대한 빨리 제압해야 합니다."

팽염이 적의 출현에 놀라 달려온 팽은에게 조용히 말했다.

다가오는 무리가 팽가를 공격한 자들과 같은 복장이라는 것은 뒤따르는 식솔들에게 이미 확인한 터. 칼을 쥔 손에 절로 힘이 들어갔다.

"어찌할 생각이냐?"

팽은이 염려스런 음성으로 물었다.

"선공을 하겠습니다."

"내가 돕……."

"아니요. 제가 합니다. 아저씨는 저를 피해 혹여 우회하는 놈들이 있을 수도 있으니 그놈들을 막아주십시오."

팽염은 팽은이 뭐라 말을 하기도 전에 잔뜩 살기를 드리우며 다가오는 적을 향해 걸어갔다.

"어디서 오는 놈들이냐?"

무리를 이끌고 오던 사내가 들고 있던 무기를 어깨에 턱 걸치곤 날카로운 눈빛으로 쏘아보며 물었다.

위협적인 음성에 태도를 보이기는 했으나 대다수가 아녀자인 일행을 보고 그다지 대수롭지 않게 생각하는 듯했다.

팽염은 사내의 물음에 말이 아닌 칼로써 답했다.

그야말로 번개 같은 출수였다.

기겁을 한 사내가 다급히 몸을 틀었지만 방심의 대가는 컸다.

축이 되는 오른쪽 다리가 그대로 잘려 나가며 한쪽으로 몸이 기울었다.

팽염이 밑에서 위로 쳐올렸던 칼을 다시 사선으로 내려치면서 기울어지는 사내의 목을 베어버렸다.

눈 깜짝할 사이에 수장을 잃은 멸폭삼대 대원들이 미처 반응을 하기도 전에 팽염의 칼이 다음 목표를 향해 움직였다.

"으아악!"

도광이 번뜩이며 두 명의 대원이 비명도 제대로 지르지 못한 채 그대로 숨이 끊어졌다.

그제야 상황을 인식한 멸폭삼대 대원들이 반격을 해왔지만 팽염의 칼은 거침이 없었다.

걸리는 모든 것을 잘라 버릴 기세로 주변을 휩쓸었다.

예상치 못한 곳에서 갑작스레 만나게 된 적으로 인해 두려움에 떨던 식솔들은 상처 입은 노호처럼 적들을 공격하는 팽염의 활약에 입을 쩍 벌렸다.

팽염은 어려서부터 이미 천재 소리를 들으며 나이 이십이 되기도 전에 가문의 모든 무공을 익혔다고 알려진 무재였다.

팽가의 미래라 불리던 그의 무위는 모든 이의 상상을 뛰어넘을 정도로 대단했다.

팽염은 적들에게 팽가의 무공이 어떤 것이라는 것을 보여주기라도 하듯 무시무시한 절초들을 뿜어냈다.

"저것은 천령도법(天靈刀法) 후삼초의 시작인 천라휘광(天羅輝光)이 아닌가!"

팽은이 칼끝에서 흩뿌려지는 섬광을 보며 기겁했다.

익히기가 몹시 까다롭고 어려워 팽가에서도 제대로 익혀 낸 사람이 거의 없다는 천령도법을 팽염은 그야말로 자유자재로 사용하고 있는 것이다.

"컥!"

팽염의 뒤쪽으로 은밀히 접근하던 사내가 팽염의 발길질에 삼 장이나 나가 떨어졌다.

"승룡각(昇龍脚)입니다."

팽은과 함께 식솔들을 보호하고 있던 청년이 두 주먹을 불끈 쥐며 소리쳤다.

그에게선 언제라도 싸움에 끼어들 준비를 하라는 팽은의 말에 잔뜩 긴장했던 모습은 이미 사라지고 없었다. 그저 압도적인 힘으로 적들을 주살하는 팽염의 모습을 두 눈에 각인하며 응원을 보낼 뿐이었다.

"지, 지원을 요청해라."

누군가의 외침에 무리의 후미에서 신호탄이 쏘아 올려졌다.

"아, 안 돼!"

팽염의 맹활약에 통쾌함을 느끼고 있던 팽은이 다급히 외쳤다.

신호탄이 터지면 얼마나 많은 적이 몰려올지 몰랐다.

만약 본가를 무너뜨린 적의 본대라도 몰려오면 지금까지의 노력이 헛수고가 될 것은 물론이었고 팽염이 제아무리 뛰어난 무위를 지니고 있다 해도 적들의 손에서 벗어날 방법이 없었다.

하지만 이미 하늘로 솟구치기 시작한 신호탄을 막는다는 것은 현실적으로 불가능했다.

"아!"

팽은의 입에서 안타까운 탄성이 터져 나올 때 불가능한 일이 벌어졌다.

허공을 가르는 날카로운 파공성과 함께 요란한 소리와 함께 하늘로 솟구치는 신호탄이 갑자기 산산조각이 나며 먼지로 변해 버렸다.

의당 있어야 할 폭발도 없었고 하늘을 붉게 수놓으며 아군에게 변고를 알릴 그 어떤 신호도 나타나지 않았다.

신호탄을 쏘아올린 사람도, 그것을 지시한 사람도, 멀리서 발을 동동 구르며 이를 지켜보던 팽가의 식솔들도 눈앞에서 어떤 일이 벌어진 것인지 알지 못했다.

오직 한 사람.

싸움이 시작되는 순간부터 지금까지 단 한순간도 팽염에게서 눈을 떼지 않았던 노부인만은 뭔가를 아는 눈치였다.

"세상에나! 분광십이도법(分光十二刀法)를 다시 보게 될 줄은 몰랐구나."

노부인이 감격에 찬 음성으로 말했다.

"분광십이도법이요?"

팽소여가 고개를 갸웃거리며 되물었다.

팽가에 이어져 내려오는 많은 무공을 접하고 익혀왔지만 분광십이도법이란 이름은 너무도 생소했다.

"잊혀진 무공이지. 너무도 위험한 무공이기도 하고. 본가에선 사실상 사장된 무공이나 다름없단다."

"그런데 작은 할머니가 어찌 아세요?"

"이 할미가 어찌 아냐고? 그게 말이다."

노부인은 가만히 미소 짓는 것으로 대답을 회피했다. 다만 안쓰러운 표정으로 팽염을 바라볼 뿐이었다.

'그것을 익히느라 그리 고생을 한 것이구나. 장하다. 결국 네가 해냈어.'

문득 그 옛날, 세가 어른들의 만류에도 분광십이도법을 익히다가 폐인이 되다시피 한 남편의 얼굴이 떠올랐다.

'당신이 이것을 보았으면 좋았을 것을요.'

노부인이 먼저 떠나간 남편을 기억하는 사이 싸움은 어느새 막바지를 향해 달리고 있었다.

속절없이 쓰러져간 동료들을 보며 극도의 공포심을 느낀 멸폭삼대 대원들은 서로에게 눈빛을 교환하며 단 한 번의 공격에 모든 것을 걸었다.

그들과 상관없이 팽염은 자신의 갈 길을 갔다.

꽝! 꽝! 꽝!

연이은 충돌과 함께 지금까지의 격돌과는 확연히 비견될

정도의 충격파가 사방을 뒤흔들었다.

결과는 극명했다.

합공을 했던 일곱 명의 대원은 단 한 명을 제외하고 모조리 숨이 끊어진 채 땅바닥을 나뒹굴고 있었다.

온전한 시신을 한 구도 찾아볼 수가 없었는데 단 한 번의 출수로 빛마저 갈라 버린다는 분광십이도법의 위력이 제대로 드러난 결과였다.

유일하게 목숨을 건진 대원 또한 살아도 산 것이 아니었다.

두 다리가 잘려 나갔고 끔찍하게 갈라진 아랫배에선 오장 육부가 조금씩 모습을 비추고 있었다.

결국 힘겹게 숨을 몰아쉬면서 마지막까지 삶에 대한 애착을 보였던 사내의 숨이 끊어졌다.

팽염은 그제야 칼을 거뒀다.

일 대 이십의 대결.

놀랍게도 일이 이십을 압도해 버렸다.

한손으로 열손을 막을 수 없다는 말에 예외가 있음을 증명이라도 하듯 팽염은 식솔들의 도움을 완전히 배제한 채 멸폭 삼대 대원들을 모조리 전멸시켜 버린 것이다.

팽은은 눈앞에서 벌어진 광경에 연신 눈을 비벼야 했다.

마지막 충돌때 그는 분명 팽염의 칼이 적들을 향해 날아가는 것을 확인했다.

그러나 어느 순간, 칼의 궤적이 보이지가 않았다.

다시 칼의 움직임이 보였을 때 팽가를 위협하던 모든 위험이 사라진 상태였다.

*　　　*　　　*

"크헉!"

호법 이적의 입에서 날카로운 비명이 터져 나왔다.

불사완구가 그의 옆구리에 깊숙이 칼 하나를 박아 넣었다.

본능적으로 일격을 날린 뒤 뒷걸음질 치는 이적의 얼굴에선 두려움과 공포를 뛰어넘어 허탈함마저 느껴졌다.

"허허! 허허허!"

죽음을 앞둔 상황에서 웃음밖에 나오지 않았다.

방금 전의 공격으로 얼굴의 반쪽과 왼쪽 팔을 날려 버렸음에도 반격을 하는 불사완구의 괴물 같은 능력에 더 이상 반항할 힘도 남아 있지 않았다.

평범한 사람, 아니, 제아무리 무공을 열심히 수련한 사람이라 하더라도 그만한 부상이라면 반격을 하는 것은 고사하고 절명을 면키 힘들 것이었으나 눈앞의 괴물은 뭉개진 얼굴, 한쪽 팔로 자신에게 치명상을 입힌 것이다.

이적의 공격에 칼을 놓치고 쓰러졌다 일어난 불사완구가

최후의 일격을 날리기 위해 손을 치켜들었다.

죽음을 직감한 이적은 두 눈을 가만히 감았다.

바로 그 순간, 섬뜩한 느낌과 함께 발밑으로 뭔가가 툭 떨어졌다.

"괜찮은가?"

걱정 가득한 음성에 감겼던 이적의 눈이 떠졌다.

눈앞에 가히 천신과도 같은 위엄을 뿜어내는 영호은이 서 있었다.

"서, 선배님!"

영호은에게 목숨을 구원받은 이적이 환희에 찬 외침을 내뱉다가 이내 주변을 둘러보았다.

"빨리 피하십시오, 너무 위험합니다."

"그게 무슨 소린가? 적을 두고 피하라니?"

영호은의 얼굴이 굳어졌다.

"노, 놈들이 괴물을 만들었습니다."

"괴물?"

"예. 사지가 끊겨도 죽지 않는, 아예 고통을 느끼지 못하는 괴물들입니다."

영호은이 딱딱하게 굳어진 얼굴로 고개를 돌렸다.

영영과 화산파 제자들이 힘겨운 싸움을 하고 있던 정검단을 돕기 시작했지만 순식간에 수세에 몰리고 있었다.

"음."

무엇을 본 것일까?

영호은의 눈에 놀람의 빛이 어렸다.

그의 눈에 영영에게 치명적인 일격을 당하고도 천천히 일어서는 불사완구가 투영되고 있었다.

"강… 시?"

이적이 고개를 흔들었다.

"강시는 아닙니다. 비슷한 것 같기는 하지만 강시는 저런 움직임을 보여 주지 못합니다. 아마도 특별한 약물이나 수련으로 아예 고통을 느끼지 못하게 만든 것 같습니다. 몸뚱이는 어찌나 단단한지 검기나 되어야 부상을 입힐 수 있을 정도입니다."

"강철같이 단단한 몸뚱이를 지녔다면 약물보다는 뭔가 특별한 수련을 통해 만들어진 것 같군."

영호은이 침음을 흘렸다.

무림제패하기 위해 살아 있는 인간의 인성을 파괴하고 한낱 도구로 만든 장군가의 만행에 치가 떨렸다.

영호은이 불사완구를 향해 움직이려 하자 이적이 다급히 그의 팔을 잡았다.

"선배님의 실력을 모르지 않으나 너무 위험합니다. 지금 당장 놈들과 맞부딪치는 것보다는 일단 몸을 피한 뒤 저 괴물에 대해 정확하게 파악을 한 뒤 싸워도 늦지는 않는다고 봅니다. 더구나 훗날을 도모하기 위해서라도 선배님과 같은 분은 이런 곳에서 허무하게 당하셔선 결코 안 됩니다."

영호은이 가만히 고개를 돌렸다.

"훗날을 도모하는 것도 좋지만 그러기 위해서라도 일단은 저 아이들을 구해야 하지 않겠나? 우리 같은 늙은이들만 목숨을 부지하고 있어봤자 아무것도 할 수가 없네. 미래를 지키려면 젊은이들을 우선 지켜내야지."

영호은이 가리키는 정검단과 화산파 제자들을 보며 이적은 입술을 꽉 깨물었다.

그들 모두보다 영호은의 안위가 무림을 위해서라도 훨씬 더 중요하다고 외치고 싶었지만 목숨을 내걸고 치열하게 싸우는 정검단과 화산파 제자들을 보고선 그 말을 입 밖으로 차마 꺼낼 수가 없었다.

갈등하는 이적을 보며 충분히 이해를 한다는 듯 영호은이 부드럽게 말했다.

"자네도 동의할 줄 알겠네."

"선배… 님."

"노부 또한 저 괴물을 완벽하게 막을 자신은 없군. 최대한 시간을 벌어볼 테니 자네가 아이들을 데리고 퇴각을 하게."

"그럴 수는 없습니다."

이적이 단호히 고개를 저었다.

"지금 당장은 부딪칠 때가 아니라고, 훗날을 도모해야 한다고 말한 것은 자네가 아니던가."

"하지만 이건 아닙니다."

"이게 정답이네. 저런 괴물이 더 있다면 이번 싸움은 해보나 마나한 싸움이 될 것일세. 앞으로 있을 더 큰 싸움을 위해 최대한의 전력을 보존해야 하네. 이 점을 명심하게."

마치 유언과도 같은 영혼의 말에 이적은 뭐라 대꾸를 하지 못했다.

"자네만 믿겠네."

마지막 당부를 남긴 영호은의 신형이 전장으로 향했다.

다시 한 번 말리기 위해 이적인 손을 뻗었지만 손에 잡힌 것은 영호은이 남기고 간 잔상뿐이었다.

"제기랄!"

이적은 자신의 무기력함에 미친 듯이 화가 났다.

순식간에 전장에 뛰어든 영호은은 목숨이 경각에 달린 정검단원을 구하기 위해 검을 뻗었다.

막강한 내력이 검에 실리자 검끝에서 시퍼런 청광이 하늘로 치솟았다.

검에서 뿜어진 검기가 섬전같이 쏘아져 나가 불사완구의 가슴에 적중했다 불사완구는 아무런 대응도 하지 못한 채 무려 삼 장이나 날아가 땅에 처박혔다.

"가, 감사합니다."

겨우 목숨을 구한 정검단원이 영호은을 향해 고개를 숙였다.

이번에 새롭게 정검단원이 된 그는 영호은이 누군지 제대로 알지 못했다. 단지 아무리 애를 써도 제대로 부상도 입히지 못한 불사완구를 단 한 수에 날려 버리는 것을 보고는 정무맹에서 높을 지위에 있는 분이라 짐작했다.

"뒤로 물러나……."

입을 열던 영호은의 검미가 하늘로 솟구쳤다.

절명했으리라 믿어 의심치 않았던 불사완구가 천천히 일어나더니 또다시 달려오는 것을 확인한 것이었다.

"심장이 박살 나고도 움직일 수 있단 말인가!"

영호은은 심장이 뻥 뚫린 상태에서 달려오는 불사완구를 보며 이적이 어째서 그들을 보며 괴물이라 말을 했는지 비로소 실감하게 되었다.

"머리가 박살 나고도 살아남을 수 있는지 두고 보마."

차갑게 외친 영호은이 자신을 향해 돌진하는 불사완구의 머리를 향해 검을 날렸다.

검에서 발출되는 기세가 어쩌나 가공한지 이성이 거의 남아 있지 않은 불사완구임에도 본능적으로 고개를 틀고 팔을 쳐들어 머리를 보호했다.

"허허! 기가 막히는군."

팔이 흔적도 없이 날아가고 목이 반이나 잘렸다.

그럼에도 멈추지 않고 달려오는 불사완구에 영호은은 어처구니없다는 표정을 지었다.

당당히 무림십강의 한자리를 차지하는 무인으로서의 자존심에 금이 가는 것이 느껴졌다.

영호은의 전신에서 지금과는 비교도 되지 않는 기세가 뿜어져 나오기 시작했다.

두려움 따위란 존재하지 않는 불사완구의 발걸음마저 멈칫거리게 만들 정도로 압도적인 힘이었다.

꽈꽈꽈꽝!

뇌성벽력과도 같은 굉음이 터져 나오는 것과 동시에 영호은이 뿌린 검기에 격중 당한 불사완구 두 구가 폭발하듯 박살났다.

동시에 영호은의 입에서 퇴각 명령이 떨어졌다.

"퇴각하랏!"

영호은의 명령은 불가항력적으로 다가오는 죽음의 공포에 시달리던 정검단원과 화산파 제자들에겐 한줄기 빛과 같았다.

"퇴각!"

목숨을 잃은 노사들과 정검단주를 대신해 정검단을 이끌고 있던 일대주 초인(超忍)이 즉시 명령을 내렸고 불사완구를 상대로 승산 없는 싸움을 하던 정검단원들은 뒤도 돌아보지 않고 도망을 치기 시작했다.

"퇴각하세요."

어깨를 들썩이며 거칠게 숨을 내뱉던 영영이 화산파 제자들에게 소리쳤다.

비교적 어린 나이에도 불구하고 꽤나 많은 실전경험을 통해 명성을 떨친 그녀였지만 치명적인 일격을 당하고도 아무렇지도 않다는 듯 일어나는 불사완구의 능력은 지금껏 경험해 보지 못한 미지의 영역이었다.

불사완구가 감히 따라오지 못할 정도로 빠른 몸놀림과 검기를 마구 뿌려가며 엄청난 활약을 펼쳤지만 숨통이 끊어지지 않는 한 고통스런 표정 하나 없이 악착같이 덤벼드는 불사완구에 기가 질려 버렸다.

게다가 몸뚱이가 얼마나 단단하던지 어지간한 공격으론 상처를 입힐 수도 없었다.

영영이 그럴 정도니 함께 싸우고 있는 화산파 제자들의 상황은 설명할 필요도 없었다.

불사완구에 대한 사전 지식 없이 싸움에 끼어들었다가 반각도 되지 않아 다섯 명의 제자가 목숨을 잃었고 부상자도 다수 발생했다.

재빠른 퇴각 명령이 있기에 다행이지 그렇지 않았다면 피해가 훨씬 더 극심했을 터였다.

하지만 퇴각도 쉽지는 않았다.

불사완구에 대한 공포는 정검단과 화산파 제자들의 이성을 완전히 마비시켰고 극도의 무질서를 낳았다.

결국 그들은 사냥을 당하듯 틈을 노린 멸혼대에게 하나둘 쓰러지고 말았다.

불사완구와 멸혼대의 공격을 피해 이적이 몇 되지 않은 병력으로 새롭게 방어진을 치고 있는 곳까지 물러나는 데 성공한 정검단과 화산파 제자들의 수는 고작 육십여 명에 불과했다.

화산파 제자들이 정확히 아홉 명이었으니 그들을 제외한다면 사실상 사분지 삼에 가까운 인원이 목숨을 잃은 것이었다.

특히 불사완구와 먼저 싸움이 붙었던 호검단은 사실상 완전히 괴멸된 상태였다.

퇴각을 돕기 위해 영호은은 불사완구가 진을 치고 있는 적진으로 뛰어들어 그들의 시선을 붙잡았고 영영 또한 일신에 지닌 모든 힘을 동원하여 불사완구의 추격을 막았다.

지금껏 간신히 살아남은 장로들과 호법들까지도 정검단원들을 살리기 위해 자신의 목숨을 초개와 같이 버리니 그들의 희생 덕에 그 정도 인원이라도 목숨을 부지하여 퇴각할 수 있었던 것이다.

"퇴각한다."

이적은 정검단원들이 도착하자마자 미리 봐둔 퇴로로 그들을 이동시켰다.

정검단이 이적이 가리키는 방향으로 우르르 몰려가고 화산파 제자들은 홀로 적들의 추격을 막아낸 영영이 지친 몸을 이끌고 도착할때까지 그녀를 기다렸다.

"빨리 움직여요."

영영이 머뭇거리는 화산파 제자들에게 소리쳤다.

하지만 정작 영영은 자리를 떠나지 못했다.

그녀의 눈은 적진에서 홀로 싸우고 있는 영호은에게 고정되어 있었다.

"뭘 하고 있는가? 빨리 움직이게."

이적이 다급히 말했다.

"어르신을 이대로 두고 갈 수는 없어요."

영영이 고개를 흔들었다.

"구할 수 있다고 보는가?"

이적이 슬픈 표정으로 물었다.

"……."

당연하다, 라고 외치고 싶었지만 정작 목소리가 나오지 않았다.

짧은 시간동안이었지만 그녀가 겪은 불사완구는 실로 몸서리가 쳐질 만큼 끔찍하고 무시무시했다.

"목숨을 보전하여 훗날을 도모하라는 말씀을 하셨네. 젊은 자네들을 지키는 것이 늙은 우리들의 몫이라고 하셨고. 그러니 어서 가게나. 퇴로를 확보하기는 했어도 여전히 위험해. 중앙에는 전령을 보내 두었네. 더 이상의 저항은 무의미하니 즉시 이곳을 빠져나가라고. 하니 자네들도 굳이 다른 병력과 합류할 생각하지 말고 안전한 길이 확보되면 바로 이곳을 벗어나게. 이 또한 영호 선배의 전언이었다네."

말을 마친 이적이 영호은이 버티고 있는 전장을 향해 걸어갔다.

"호법님께선 안 가십니까?"

영영이 놀라 물었다.

"다른 사람은 몰라도 나까지 선배님을 혼자 두고 갈 수는 없지 않는가? 선배께서 어찌 싸우시는지 똑똑히 봐드려야지. 그때까지 살아 있을 수만 있다면."

이적이 옆구리를 가리키며 쓰게 웃었다.

불사완구에게 당한 부상은 생각보다 커서 오장육부까지

상한 상태였다.

부상 주위는 이미 괴사가 시작되고 있었다.

"저도 함께……."

"쓸데없는 소리!"

그렇게 설명을 했음에도 영영이 미련을 버리지 못하자 이적의 얼굴에 노기가 서렸다.

"당장 달려가지 못할까! 여기는 너처럼 어린아이가 죽을 곳이 아니다!"

불같이 화를 내는 이적의 모습에 한참을 망설이던 영영은 결국 이적의 진심을 느끼고 묵묵히 고개를 끄덕였다. 그리곤 홀로 분전하고 있는 영호은에게 깊이 허리를 숙였다.

영호은을 향해 마지막 예를 갖추는 영영의 모습이 어찌나 진지하고 경건했는지 이적이 자세를 바로 할 정도였다.

"보중… 하세요."

이적에게 고개를 숙인 영영이 입술을 꼬옥 깨물며 정검단과 화산파 제자들의 뒤를 쫓았다.

"정무맹을, 아니, 무림을 부탁하네."

이적이 넉넉한 웃음으로 그녀를 배웅했다.

그사이 영호은과 불사완구의 싸움은 더욱 치열하게 전개되고 있었다.

영호은은 거의 무아지경의 세계에서 불사완구와 싸우고

있었다.

정검단과 화산파의 제자들은 무사히 퇴각을 했는지, 얼마나 많은 희생이 발생했는지, 또 정무맹의 상황은 어떠한지 등에 대한 일체의 사념을 버리고 오직 검과 하나가 되어 불사완구를 공격하고 있었다.

학자풍의 외모와는 달리 그의 검법은 지강(至剛)을 추구할 정도로 패도적이었는데 동작 하나하나에 힘과 기백이 넘쳤고 뿜어져 나오는 검기는 만근거석이라도 가루로 만들어버릴 정도의 위력을 담고 있었다.

"정말 대단하다. 과연 무림십강이라는 건가!"

뒤쪽에서 싸움을 지켜보는 천검은 영호은이 불사완구라는 괴물들을 상대로 너무도 엄청난 무위를 선보이자 그가 적이라는 것도 잊은 채 넋을 잃고 바라보고 있었다.

당금 무림에 불사완구를 상대로 저런 신위를 보일 수 있는 인물이 과연 몇이나 될 것인가!

불사완구가 어떤 힘을 지녔는지 너무도 잘 알고 있던 천검은 감탄을 넘어 어떤 존경심마저 품을 지경이었다.

꽈꽈꽈꽝!

엄청난 파공성과 함께 영호은이 발출한 검기에 휘말린 불사완구들의 목이 공중으로 치솟았다.

천천히 무너져 내리는 몸뚱이 또한 연이어 펼쳐지는 공격에 갈가리 찢겨져 버렸다.

"벌써 열일곱 구째입니다. 피해가 너무 큽니다."

광홍의 굳은 얼굴에 천검이 놀란 표정을 지었다.

"그렇게나 많이?"

영호은이 도착하기 전까지 목숨을 잃은 불사완구의 수가 열 구를 겨우 넘었다는 것을 감안하면 실로 엄청난 피해라 할 수 있었다.

"더 이상의 피해를 지켜볼 수는 없지."

천검을 그 말 이후에도 한참 동안이나 싸움을 지켜보다 불사완구의 무리에 조용히 스며들었다.

그리고 영호은이 정확히 스물두 구째의 불사완구를 쓰러뜨리고 호흡을 가다듬을 때 불사완구를 방패 삼아 접근에 성공한 천검이 그의 몸에 일격을 성공시킬 수 있었다.

그 대가로 천검 또한 가슴에 지울 수 없는 상흔을 남기게 되었지만 그건 정무맹의 상징이라 할 수 있는 영호은을 쓰러뜨린 영광의 흔적이라 할 수 있었다.

영호은은 천검에게 일격을 허용한 다음에도 무려 일곱 구의 불사완구를 더 쓰러뜨린 다음에야 비로소 영원한 휴식을 맞이하게 되었다.

동시에 피눈물을 흘리며 영호은의 싸움을 지켜보던 이적도 조용히 눈을 감았다.

巫山三峽

# 第二十六章
## 함정(陷穽)

"향이 정말 좋군요."

찻잔을 내려놓는 한호의 얼굴에 놀라움이 가득했다.

"확실히 괜찮지요?"

소숙이 만족한 미소를 머금으며 물었다.

"예. 사부께서 어째서 천검에게 찻잎을 따오라는 어처구니 없는 명을 내리셨는지 비로소 이해가 갑니다. 그런데 이 차의 이름이 무엇입니까?"

"딱히 이름은 없는 것으로 압니다. 무이산에서 왔으니 그 저 무이차(武夷茶)라 부르면 되지 않겠습니까?"

"그렇군요. 한데 사부께서 무이산에 이런 명차가 있다는 것을 어찌 아셨습니까?"

"세상을 주유하다 보면 이런저런 경험을 하게 되고 지금껏 알지 못하던 것도 많이 접하게 되지요. 언젠가 무이산 자락에서 화전을 일구고 사는 노인에게 얻어 마셨던 차입니다. 잊고 있었는데 천검이 무이산에 가게 되는 바람에 문득 그때의 기억을 떠올라 한번 찾아보라 한 것이지요. 굼벵이도 구르는 재주가 있다고 그 녀석이 제대로 구해 왔더군요."

"하하하! 애써 구해 왔는데 굼벵이라니요. 천검이 들으면 서운해하겠습니다."

말은 그리해도 한호는 소숙이 천검에 대해 무척이나 고마워하고 있다는 것을 알고 있었다.

"참, 숙부님의 몸은 좀 어떠십니까? 큰 이상은 없으시다는 것은 알고 있었지만 그래도 혹시 몰라 사람을 보냈는데 아직 제대로 된 보고가 올라오지 않았습니다."

"그렇잖아도 그 친구를 만나고 오는 길입니다. 몸에 귀갑(龜鉀)을 착용하고 있었고 화탄의 공격이 있을 것을 미리 알고 충분히 대비를 하여서 그런지 별다른 이상은 없었습니다. 물론 대외적으로야 심각한 부상을 당하고 치료 중인 것으로 되어 있습니다만."

한호가 안도의 한숨을 내쉬었다.

"다행한 일입니다. 그런데 정무맹 쪽에서 뭐라고 합니까? 우리의 뒤를 캐기 위해 혈안이 되어 있었을 텐데 어찌 반응하고 있을지 무척이나 기대가 되는군요."

한호가 알싸하게 입안을 휘감고 도는 차향을 음미하듯 지그시 눈을 감으며 물었다.

"그쪽도 난리가 난 모양입니다. 폭발의 여파로 백여 명의 사상자가 발생한데다가 그걸 주도한 범인이 다른 사람도 아니고 정무맹의 호법이었으니 당황스러워하는 것은 당연하겠지요."

"게다가 그 목표가 어떻게든 꼬투리를 잡아 장군가와 엮어보려는 천무장의 장주였으니 더욱 그럴 겁니다."

돌아가는 상황을 지켜보는 것만으로도 즐거운지 한호의 입가에 절로 웃음이 지어졌다.

"일단 그들에겐 장주님의 부상이 심각함을 알렸습니다. 그랬더니 성수의가의 의원을 보내주겠다고 하더군요."

"하하하! 그래요? 급하긴 급했던 모양이군요. 직접 치료를 해주겠다고 나서고요. 그래서 어찌하셨습니까?"

"당연히 거절했습니다. 정무맹의 호법이란 자에게 목숨을 잃을 뻔했는데 어찌 그들에게 장주님의 목숨을 맡길 수 있겠습니까? 어림없는 소리지요."

소숙은 정무맹주의 사자로 온 광현 진인과 나누었던 대화를 있는 그대로 전했다.

"하하하! 그러셨습니까? 잘하셨습니다. 아, 상대의 얼굴을 봤어야 하는데 말이지요."

한호가 유쾌하게 웃음을 터뜨렸다.

"어쨌거나 시선을 분산시키는 데에는 확실히 성공을 했습니다. 설마하니 이런 상황에서 본장을 의심하기란 쉽지 않을 것입니다."

"사실 의심하거나 말거나 상관은 없습니다."

한호의 장난스런 태도에 소숙의 미간이 잔뜩 찌푸렸다.

"장주!"

"알았습니다. 놈들의 뒤통수를 제대로 치기 위해서 꼭 필요한 조치라는 것이지요? 저도 압니다."

"우리 쪽의 피해를 최소한으로 하기 위함입니다. 더구나 많은 병력이 흩어진 상태에서 이곳에 모인 저들과 전면전을 벌인다면 설사 이긴다 하더라도 이긴 것이 아니게 됩니다."

"명심하겠습니다, 사부."

한호가 더없이 진중한 표정을 짓자 그 또한 장난이라 여긴 소숙이 고개를 설레설레 흔들며 한숨을 내쉬었다.

어차피 아무리 역정을 낸다 해도 고쳐질 성격이 아니었다.

그때, 문밖에서 인기척이 들려왔다.

"모진입니다."

한호와 소숙의 눈빛이 동시에 반짝였다.

"들어오너라."

소숙의 대답에 문이 열리며 취운각주 모진이 잔뜩 상기된 얼굴로 들어왔다.

"표정을 보니 좋은 소식이 온 모양이군."

"그, 그렇습니다, 장주님."

모진이 감격에 겨운 얼굴로 부복했다.

"쓸데없는 격식 차리지 말고 여기로 올라와 앉아. 사부께서 별미를 맛보게 해주실 테니까. 우선 맛이나 보고 시작하지."

모진이 영문을 모르고 눈만 껌뻑거리자 소숙이 그의 팔을 잡아 의자에 앉혔다.

한호가 얼떨결에 자리에 앉은 모진에게 아직도 김이 모락모락 피어나는 무이차를 따라주었다.

단숨에 들이켜는 모진.

차 맛을 모르는 것인지 그럴 여유가 없는 것인지 별다른 말이 없었다.

이에 기분이 상한 소숙의 눈썹이 살짝 치켜 올라갔다.

그것을 아는지 모르는지 모진이 흥분에 들떠 보고를 시작했다.

"대승입니다. 거의 모든 곳에서 큰 승리를 거뒀습니다."

"이놈! 그렇게 흥분하지 말고 차분히 설명해라. 명색이 한 세력의 정보를 책임진다는 사람이라면 어떤 상황에서도 냉정해야 하는 법이다."

소숙의 엄한 음성에 모진이 얼른 고개를 숙였다.

"죄, 죄송합니다. 생각보다 결과가 정말 좋아서 제가 많이 흥분했습니다."

"알았으면 됐고. 자잘한 것은 제외하고 굵직한 것들로만 추려서 보고해봐. 우선 개방은 어찌 되었느냐?"

모진의 안색이 금세 환해졌다.

"용천방에서 '개봉에선 더 이상 거지가 존재하지 않는다' 라는 전서(傳書)를 보내왔습니다."

한호가 가볍게 탁자를 내려치며 탄성을 내뱉었다.

"화끈하군. 아주 확실하게 괴멸을 시킨 모양이야. 용천방의 피해는?"

"피해에 대해선 별다른 언급이 없었습니다."

"큰 피해도 없는 모양이군. 용천방의 힘이 그 정도였던가? 개방을 압도할 만큼."

"용천방주의 무공이 상당하다고 칭찬하신 분이 다름 아닌 장주입니다."

소숙의 통명스런 음성에 한호가 고개를 갸웃거렸다.

"그랬나요? 하긴 대단하긴 하죠. 노력도 많이 하고. 그래도 이 정도까지 해낼 줄은 몰랐습니다."

"개방을 제대로 공략했다는 것은 굉장히 다행스런 일입니다. 정무맹, 아니 정도문파의 눈과 귀를 무력화시킨 것이나 마찬가지니까요."

"구룡상회에서 하북팽가를 괴멸시켰다는 전갈도 왔습니다."

모진의 말에 소숙이 깜짝 놀라 되물었다.

"하북팽가를 무너뜨렸다는 전갈이 벌써 왔다는 말이냐?"

"그렇습니다."

"허허허! 출발이 좋아도 정말 좋습니다."

소숙의 웃음에 한호의 얼굴도 밝아졌다.

"구룡상회의 전력이 상당하더라도 하북팽가를 상대하면서 큰 고생을 할 줄 알았습니다. 일전에 사사천교와의 싸움에서 많은 피해를 당했다고는 하나 팽언도가 버티고 있는 팽가는 결코 만만한 곳이 아니었습니다. 그런데 이리 쉽게……."

한호의 눈빛이 살짝 차가워졌다.

"그때 보셨잖습니까? 역천을 꿈꾸던 동천명이 어떤 놈들을 키워냈는지. 모르긴 몰라도 놈들 때문에 무림에 피바람이 꽤나 불어댈 겁니다."

"어쨌든 지금은 장주님의 손에 들어온 칼입니다."

소숙의 말에 한호가 한층 누그러진 얼굴로 고개를 끄덕였다.

"물론입니다. 지금보다 더욱더 날카롭고 무시무시한 칼로 만들 생각입니다."

"그런데……."

모진이 두 사람의 눈치를 보며 말끝을 흐렸다.

"잘못된 일이라도 있는 것이냐?"

"그것이 아니라 가주를 비롯해 대항하는 모든 병력은 전멸시켰지만 그사이 식솔들이 탈출에 성공했다고 합니다."

소숙의 얼굴이 굳어졌다.

"흐음. 후환을 남겼다는 말이군."

"그런 표정하실 것 없습니다. 어차피 후환은 이곳에도 남아 있습니다."

한호가 천무장에 사절로 온 팽가의 무인들을 거론했다.

"굳이 힘없는 아녀자들까지 죽일 필요는 없다고 봅니다. 인정이라는 것도 있고 어느 정도는 적은 있어야 긴장이 유지되고 좋은 법이니까요."

한호와는 생각이 조금 달랐지만 소숙은 굳이 반박하지 않았다.

"천검에게선 연락이 왔느냐?"

"천검이 아니라 흑랑회주가 전서를 보내왔습니다. 아, 개별적으로 정무맹을 감시하고 있던 잠혼에서도 전서구를 보내왔습니다."

모진의 말에 한호가 혀를 찼다.

"쯧쯧, 그냥 제놈이 보내면 될 것을. 좌청패의 체면을 생각해 준 모양이군."

"천검이 오랜만에 제대로 된 판단을 한 것입니다. 정무맹 공략을 책임진 사람은 천검이 아니라 분명 좌청패입니다. 서열은 확실히 해야지요."

소숙이 정색을 하자 한호가 조금은 겸연쩍은 표정을 지으며 모진에게 계속해서 보고를 하라는 신호를 보냈다.

"치열한 접전 끝에 정무맹의 공략에 성공했다는 보고입니다. 남아 있던 정무맹의 수뇌들과 병력의 대부분을 주살했으며 현재는 포위망을 뚫고 도주한 놈들을 쫓고 있는 중이라 합니다."

모진이 들뜬 음성으로 말을 했지만 생각과는 달리 한호는 그다지 큰 반응을 보이지 않았다.

"불사완구가 동원된 싸움이다. 당연한 결과야."

한호는 정무맹으로 떠나기 전 잠시 들렀던 천검과 불사완구를 떠올렸다.

처음에 봤을 때보다 더욱 강력해진 불사완구를 보며 정무맹 공략에 대한 우려는 아예 접었고 결과는 그의 예상대로였다.

"예. 잠혼이 보내온 전서에 따르며 실로 엄청난 활약을 했다고 합니다. 개량된 몽몽환을 복용했음에도 상당히 고전을 한 흑랑회의 낭인들과는 달리 불사완구는 그들 앞을 가로막는 모든 것을 초토화시켰답니다. 하지만 그 과정에서 대략 사십여 구의 불사완구가 쓰러졌다고⋯⋯."

"가만. 지금 사십여 구라 했느냐?"

한호가 경악에 찬 얼굴로 물었다.

"그, 그렇습니다."

"믿을 수가 없구나. 내가 확인한 바로는 불사완구를 상대하려면 최소한 한 문파의 장로급 이상의 고수라야 가능할 정도였다. 하지만 그것도 일대일로 붙을 경우를 가정한 것이지 이백여 구나 되는 불사완구라면 애당초 상대가 되지 않을 터. 대체 어째서 그 많은 숫자를 잃었다는 말이냐?"

"절반 이상이 한 사람에 의해 부서졌다고 합니다."

한호가 벌떡 일어나며 물었다.

"한 사람? 그게 누구냐!"

모진이 대답하기도 전 이미 누군지 짐작을 하고 있던 소숙이 대신 답했다.

"잊으신 겁니까? 정무맹엔 노호(老虎)가 웅크리고 있습니다. 남들은 이빨이 빠졌다고 하겠지만 누가 뭐라 해도 호랑이는 호랑이입니다."

그제야 영호은의 존재를 의식한 한호가 고개를 끄덕였다.

"무림십강! 그렇군요. 풍운 노사 영호은. 그가 바로 정무맹에 있었군요."

"그는 어찌 되었느냐?"

소숙이 물었다.

"불사완구에 포위된 채 저항을 하다가 결국 목숨을 잃은 것으로 압니다."

"불사완구에 포위되었다? 그 정도 인물이 포위망에 쉽게 갇힐 리도 없고 마음만 먹으면 빠져나가는 것도 쉬웠을 터. 하면 스스로 미끼가 된 것이로구나."

"미끼가 되었다면 그만한 이유가 있겠지요."

한호도 같은 생각인 듯했다.

"포위망을 뚫고 탈출한 자들이 있다고 했으니 아마도 그들을 위해 시간을 끌어준 것이라 판단됩니다. 탈출에 성공한 자들이 누구인지 확인은 되었느냐?"

"거기까지는 보고가 올라오지 않았습니다."

모진이 송구한 얼굴로 고개를 숙였다.

"어쨌거나 불사완구의 위력은 제대로 확인이 되었다니 다행입니다, 장주."

"그 정도의 피해는 계산에 없던 일입니다."

한호가 퉁명스럽게 대답했다.

"무림십강이었습니다. 무림십강을 쓰러뜨리는 데 그 정도의 피해라면 기쁘게 감수해야지요. 만약 불사완구가 아니라 다른 이들이 그를 상대했다고 생각해 보십시오. 어쩌면 정무맹 공략을 실패했을 수도 있습니다."

"불사완구가 없었다면 애초에 흑랑회에게 맡기지 않았겠지요. 아마 제가 직접 상대하러 갔을 겁니다."

소숙은 그제야 한호가 어째서 그리 불쾌한 표정을 짓고 있는지 알 수 있었다.

단지 불사완구의 피해가 컸기 때문이 아니라 한호는 불사완구 같은 괴물을 추풍낙엽처럼 쓰러뜨린 영호은과 직접 대결을 하지 못한 것을 아쉬워하는 것이었다.

"정말 병입니다."

"뭐가요?"

"이제 그만 호승심을 버리실 때도 되지 않았습니까?"

"무인에게 호승심을 버리라는 것은 죽으라는 말과 다름없습니다, 사부."

"너무 지나치니 말씀드리는 겁니다."

"모진, 너도 그리 생각하냐?"

갑자기 튄 불똥에 모진은 아무런 대꾸도 할 수가 없었다.

한호가 무서운 만큼 그들에겐 소숙 또한 한호 이상으로 무서운 존재였기 때문이었다.

"침묵은 곧 긍정이라고 배웠습니다, 사부."

한호의 넉살에 소숙은 또다시 백기를 들고 말았다.

"휴~ 그만하지요. 장주와 무슨 말을 더 하겠습니까? 모진!"

"예. 군사님."

모진이 바짝 긴장하여 대답했다.

"소림사에선 연락이 없느냐?"

"이, 있었습니다."

소숙이 버럭 소리를 질렀다.

"그럼 여태 뭘 하고 있었단 말이냐! 당연히 소림사의 상황부터 보고를 했어야지."

"죄, 죄송합니다."

"죄송이고 뭐고 빨리 말을 하거라. 어찌 되었느냐?"

"봉문을 시키는데 성공했습니다."

소림사를 봉문시켰다는 말에 불같이 화를 내던 소숙의 안색이 비로소 원래대로 돌아왔다.

"제대로 설명을 해봐라."

"다른 곳과는 달리 소림사에선 꽤나 치열한 싸움이 벌어졌던 것 같습니다. 봉문을 시키는데 성공을 하기는 했으나 아군의 피해가 상당합니다."

"그럴 테지. 다른 곳도 아니고 소림이니까. 그래서 얼마나 봉문을 한다고 하더냐?"

"십 년 봉문을 선언했습니다."

"적당하군."

소숙이 만족한다는 표정으로 고개를 끄덕이자 모진이 조심스럽게 물었다.

"그들이 약속을 지키겠습니까? 언제 봉문을 깨고 뒤통수를 칠… 윽!"

모진은 말을 잇지 못했다.

소숙이 갑자기 그의 뒤통수를 후려갈겼기 때문이었다.

"이런 게 뒤통수를 치는 것이다. 패배 후에 봉문을 선언했다는 것은 목숨을 구걸 받았다는 것을 대외적으로 알리는 것과 같은 것이다. 명색이 소림이, 봉문을 선언한 것도 굴욕적이거늘 그것을 깨고 뒤통수를 친다? 그것이야말로 결코 있을 수 없는 일이다."

"아, 알겠습니다."

모진이 뒤통수를 만지며 고통스런 표정을 지을 때 한호의 입에서 한숨이 흘러나왔다.

"천추단(千秋團)의 아이들을 걱정하시는 겁니까?"

"가장 믿을 수 있기에 소림사로 보내긴 했지만 피해가 컸다니 걱정도 되고 마음도 아프군요. 녀석들을 단순한 무기로 사용하지 않겠다고 약속을 했건만."

"그렇게 생각하는 녀석은 아무도 없을 겁니다. 그 아이들에게 있어 장주는 주군 그 이상의 존재지요. 장주를 위해선 웃으면서 목숨을 내놓을 수 있는 아이들입니다."

"……."

"녀석들은 장주께서 자신들을 진심으로 아낀다는 것을 알고 있습니다. 더불어 한결같은 마음으로 그들을 대했습니다. 단순히 수하가 아니라 그 이상의 마음으로. 장주께서 그 진심을 잃지 않는다면 천추단은 그 어떤 흔들림도 없이 장주를 따를 것입니다. 그리고 그들이야말로 장주가 믿는 가장 강력한 힘이 될 것입니다."

소숙의 진심 어린 충고에 한호는 묵묵히 고개를 끄덕였다.

＊　　　＊　　　＊

"이, 이게 사실입니까?"

장청이 벌떡 일어나며 물었다.

딱딱히 굳은 얼굴에 마구 흔들리는 눈동자가 그가 지금 얼마나 놀라고 있는지 잘 보여주고 있었다.

"예. 사실이에요."

심각하기는 고개를 끄덕이는 항몽 역시 마찬가지였다.

늘 부드러운 웃음을 머금고 다니던 그녀의 얼굴에서 웃음기가 완전히 사리지고 지금은 오히려 싸늘한 살기마저 느껴지고 있었다.

"대체 무슨 일이기에 그러는 것인가?"

지금껏 그처럼 놀라는 장청의 모습을 본 적이 없던 금완이 걱정스런 낯빛으로 물었다.

"저보다는 문주님의 설명을 들으시는 것이 빠르겠습니다."

장청이 항몽이 건네준 서찰을 내려놓으며 말했다.

모든 이의 시선이 항몽에게 향했다.

항몽이 무거운 얼굴로 입을 열었다.

"장군가가 움직이기 시작했습니다."

"음."

"장군가가!"

놀라움, 당황스러움, 걱정, 분노 등 온갖 감정이 교차된 탄식이 좌중을 휘감았다.

"어디서 꼬리를 잡은 것이오?"

금완이 다시 물었다.

"꼬리를 잡은 것이 아니라 그들이 스스로 모습을 드러냈어요. 그런데 그 충격파가 정말로 크군요."

장청이 덧붙였다.

"현재까지 확인된 바로는 개봉에 있는 개방의 총단이 초토화되었고 하북팽가가 멸문지화를 당했습니다. 또한……."

아직도 놀란 가슴이 진정이 되지 않는지 장청이 심호흡을 하고 말을 이었다.

"정무맹마저 놈들에게 완벽하게 무너졌습니다."

"뭐, 뭐라? 정무맹이!"

"그게 사실인가?"

단혼마객과 이휘가 동시에 소리쳤다.

"제 수하들이 확인한 사항입니다."

항몽의 말에 금완과 이휘는 물론이고 태호청에 모인 모든 이가 아무런 말도 못했다.

마치 충격이 너무 크며 말을 잊고 아무런 반응도 보이지 못한다는 말을 증명이라도 하는 것 같았다.

"천무장에 있는 이들은 이 사실을 알고 있는가?"

단혼마객이 물음에 장청이 고개를 흔들었다.

"확인되지 않았습니다만 아마도 지금쯤은 알고 있을 것이라 봅니다."

"그렇다면 곧 확실해지겠군. 천무장이 진짜 장군가인지 아니면 우리 모두의 착각인지."

"그 부분에 대해선 일단 유보를 하는 것이 좋겠습니다."

"유보? 어째서?"

"조금 전, 운밀각주가 보내온 전서구의 내용대로라면 상황이 조금 복잡해진 것 같습니다. 천무장주가 정무맹 호법의 암살 시도로 중태에 빠졌다고 하는군요. 뿐만 아니라 천무장 곳곳에서 폭발이 일어나 많은 이가 목숨을 잃었다고 합니다."

"이건 또 무슨……."

장강수로맹의 수뇌들은 연이어 터지는 사건에 정신을 못 차릴 지경이었다.

"천무장에선 장주가 장군가의 제안을 거부했기 때문에 보복을 당한 것이라 했는데 그 제안이 무엇인지는 밝히지 않았답니다."

"도대체 뭐가 어떻게 돌아가는 것인지를 모르겠군."

이휘가 이마를 짚으며 고개를 흔들었다.

"문제가 하나 더 있습니다."

"무엇인가? 설마 놈들이 이곳을 공격한다는 정보라도 있는 것인가?"

장청의 말에 이휘가 예민하게 반응했다.

"그건 아닙니다만 그에 못지않게 심각한 문제입니다."

"어서 말해보게."

장청이 항몽을 향해 다시 한 번 설명을 부탁한다는 눈빛을 보냈다.

"천무장을 중심으로 묘한 움직임이 포착되었습니다."

"묘한 움직임? 지금까지 아무런 이상도 없다고 하지 않았나? 정무맹이나 마황성 등도 잔뜩 주의를 하고 있다고 했고."

단혼마객이 고개를 갸웃거리며 말했다.

"중요한 것은 움직임이 천무장 인근에서 시작된 것이 아니라는 것이지요."

단혼마객이 인상을 찡그렸다.

이해를 하지 못하겠다는 표정은 다른 사람도 마찬가지였다.

벌떡 일어난 장청이 탁자 위에 커다란 종이를 펼치더니 원하나를 그렸다.

"이곳이 천무장이라고 가정을 했을 때 지금껏 하오문이나 정무맹, 마황성의 정보원들은 천무장을 중심으로 감시의 눈을 놓지 않았습니다. 상당히 광범위한 지역까지 철저하게 살폈지요."

장청이 조그만 원 주변으로 큰 원을 하나 더 그렸다.

"문제는 새롭게 파악된 움직임이 바로 그 범위를 벗어난 곳에서 포착되었다는 겁니다."

장청이 붓을 넘기자 항몽이 천무장을 상징하는 원과 그보다 더 큰 원에서 한참 북쪽으로 올라간 곳에 점을 찍었다.

붓은 계속 움직여 서북쪽에, 서쪽에, 남서쪽에, 동남쪽에 각각 하나씩의 점을 찍었다.

"어떤 의미인가?"

천무장과 그 주변에 찍히는 점들의 상관관계를 파악하기

위해 애를 쓰던 마독이 이내 포기를 하고 질문을 던졌다.

"이상한 무리들의 움직임이 포착된 곳은 천무장으로부터 어떤 규칙도 없었고 거리의 간격도 일정하지 않습니다만 생각지도 못한 공통점이 있었습니다."

"그게 뭔가?"

이휘가 참지 못하고 물었다.

"교통의 요지였습니다."

"교… 통의 요지?"

"예. 가령 천무장에서 사천으로 가려면 무조건 이곳을 지나야 하지요."

항몽이 서쪽에 찍힌 점을 가리켰다.

"하북으로 가려면 바로 이곳을, 남쪽으로 이동을 하여 장강을 넘으려면 또 이곳을, 정무맹이 있는 하남으로 가려면 바로 이곳을 지나게 되어 있습니다."

항몽이 설명과 함께 점 하나를 가리킬 때마다 태호청에 모인 수뇌들의 안색이 흙빛으로 변해갔다.

비로소 그 점의 의미를 파악한 것이다.

"천무장에 있는 자들을 노리는 것이로구나!"

이휘가 기겁하며 소리쳤다.

"그렇습니다. 천무장이 장군가인지는 정확하게 드러나지 않았지만 장군가는 천무장의 개파대전에 참석하고 돌아가는 각 문파를 노리고 있는 것이 틀림없습니다. 물론 저의 억측일 수도 있습니다만 가능성은 높다고 봅니다."

"기가 막힌 놈들이다. 거미줄을 쳐도 아주 제대로 쳤어. 정무맹과 개방이 당했다는 것이 알려지면 저마다 자신들의 문파로 돌아가려 할 것이고 그럼 각개격파를 당해 모조리 황천길로 직행을 하겠지. 그야말로 완벽하게 함정을 팠어."

"이보게, 군사."

마독이 장청을 불렀다.

"예. 장로님."

"군사의 생각은 어떤가? 아직도 천무장이 장군가라 생각하는가?"

"그렇습니다."

"이유를 듣고 싶군."

잠시 생각에 잠겼던 장청이 입을 열었다.

"천무장이 사사천교를 공격하며 모습을 드러내고 개파를 선언했습니다. 심지어 삼세의 전유물이라 할 수 있었던 천룡쟁투까지 열게 되지요. 덕분에 무림의 거의 모든 문파의 사람들이 개파대전과 천룡쟁투를 보기 위해 천무장으로 몰려들었습니다. 각 문파의 정보력 또한 자연적으로 천무장을 중심으로 움직이는 것은 당연했습니다. 그리고 오늘, 철저하게 숨어지내던 장군가는 전격적으로 정무맹과 개방, 하북팽가를 공격하며 그 모습을 드러냈습니다. 공교롭게도 천무장에선 장군가의 사주를 받은 정무맹의 호법이 천무장주에 대한 암살 기도가 있었고요. 한데 전 아무리 생각해도 이런 일련의 과정이 마치 잘 짜인 하나의 경연(競演)을 보는 것 같다는 생각이 지워지질 않습니다. 마치 누군가 저 높은 곳에 앉아 우리 모두를, 현 상황을 조종하고 있는 듯한 느낌입니다. 만약에 말이지요."

장청이 좌중을 둘러보며 더없이 진지한 태도 물었다.

"천무장주에 대한 암살 기도가 자작극이라면 어떻게 될 것 같습니까?"

"자, 자작극?"

"그 많은 사람 앞에서 자작극을 펼치기가 쉽지는 않았을 것이네. 더구나 그들 모두는 각 문파에서 날고 기는 사람들일세. 무엇보다 천무장주가 상당한 부상을 당했다고 한 것으로 아는데, 아닌가?"

약간은 회의적인 표정을 지은 금완이 항몽에게 시선을 돌렸다.

"부상을 당한 것은 틀림없는 것 같습니다. 폭발 당시 천무장주 옆에 있던 몇몇 사람이 목숨을 잃었는데 저마다 각 문파를 대표하는 고수들이었지요. 그런 상황에서 폭발의 중심에 있었던 천무장주가 무사하다는 것은 있을 수 없는 일이라 봅니다. 극강한 무위로 목숨을 부지할 수 있을지 몰라도요."

항몽의 말에 장청이 의미심장한 표정으로 입을 열었다.

"다들 그 천무장주가 진짜 장주라 단정하고 계시는군요. 가짜를 내세울 수도 있는 것 아닐까요?"

장청의 지적에 다들 멍한 얼굴이 되고 말았다.

"한 가지 더 말씀드리자면 천무장주가 설사 진짜 천무장주라 하더라도 만약 폭발이 있을 것을 미리 알고 있었다면 어떨까요? 몸을 보호할 수 있는 갑옷 같은 것도 은밀히 착용을 하고요."

"아무리 그렇다고 해도 그런 폭발은……."

금완의 말이 끝나기도 전에 장청의 말이 이어졌다.

"명색이 만검신군의 후예가 무공이 약하다는 것은 말이 안 되겠지요. 미리 호신강기를 두르며 폭발에 대한 준비를 했을 수도 있습니다."

다들 아무런 말이 없자 슬쩍 그들의 눈치를 살핀 장청이 비로소 하고 싶은 말을 꺼냈다.

"장군가가, 확실해질 때까지는 천무장도 적으로 간주하겠습니다. 적들이 함정을 파고 두 분 어르신과 장강수로맹의 형제들을 노리고 있습니다. 게다가 맹주께서도 어쩌면 위험에 빠지실 수도 있습니다. 가만히 두고만 보고 있을 수는 없다고 봅니다."

"하면 움직일 생각인가?"

"물론입니다. 당장 원로회의를 열도록 하겠습니다. 두 분 어르신들께서 천무장으로 향하시면서 제게 원로회의 의결권을 일임하셨습니다만……."

마독이 장청의 말을 자르고 나왔다.

"쓸데없는 소리는 그만하고 자네의 계획을 말하게. 어차피 우리 모두는 자네의 의견을 따를 것이니. 안 그런가?"

마독의 물음에 원로회의 구성원인 단혼마객과 이휘, 항몽이 동시에 고개를 끄덕였다.

"감사합니다."

고개를 숙여 마독과 단혼마객 등에게 인사를 한 장청이 크게 심호흡을 했다. 그리곤 힘찬 음성으로 명을 내렸다.

"지금 이 순간부터 수호령(守護令)을 발동시키겠습니다."

장강의 모든 호걸을 움직일 수 있는, 말하자면 총동원령이 떨어진 것이다.

\*         \*         \*

다가올 혈풍을 예고라도 하듯 핏빛으로 물들었던 노을도 완전히 사라지고 조용히 어둠이 세상을 지배하기 시작한 시간, 정무맹주를 비롯하여 수뇌진들이 머물고 있는 창룡각(蒼

龍閣)의 분위기는 그야말로 처참했다.

낮에 있었던 천무장주 암살 사건에 관해 대책을 세우던 중 날아든 소식은 그들 모두를 엄청난 충격과 공포, 슬픔과 분노에 빠지게 만들었다.

가장 먼저 전해진 소식은 개방에 대한 일이었다.

개봉에 위치한 개방의 총단을 비롯하여 인근의 지부마저 흔적도 없이 쓸려 버린 참화에 천목개와 삼불신개는 그 자리에 주저앉아 넋을 잃었고 독개는 피눈물을 흘리며 대성통곡을 했다.

그것이 시작이었다.

불과 반 시진의 차이로 전해진 정무맹의 소식은 창룡각을 그야말로 절망의 구렁텅이로 밀어 넣어버렸다.

정무맹의 상징이라 할 수 있는 송운 노사 영호은을 비롯하여 수십의 장로, 호법들이 목숨을 잃었고 무림 정의를 위해 노력하던 수백의 무인들 또한 적들의 파상 공세에 맞서 싸우다 전멸을 했다는 참담한 소식.

불행 중 다행으로 적들의 포위망을 뚫고 탈출에 성공한 이들이 있다는 것이 확인이 되었지만 워낙 뿔뿔이 흩어지는 바람에 그들이 누군지 또 얼마나 많은 이가 살아남았는지는 알길이 없었다.

정무맹의 참상이 전해지고 다시 일각, 상황이 채 수습이 되기도 전 소림사마저 적들의 공격에 굴복하여 봉문을 선언했다는 소식이 날아들었다.

특히 봉문을 선언한 방장 무광(無廣) 대사가 스스로 목숨을 끊었고, 목숨을 끊기 전 마지막 유언으로서 정무맹에 머물고 있는 제자들과 천무장에 사절로 간 이들을 모조리 파문한다고 하였을 때 무오 대사의 노안에선 뜨거운 눈물이 흘러내렸으며 무오 대사를 수행하는 혜인은 목 놓아 울었다.

연이어 전해진 비보(悲報)에 창룡각에 머무는 이들 모두가 정신을 차리지 못하고 있을 때, 오대세가의 주축들이 함께 머물고 있던 남쪽의 문선각(問善閣)도 충격에 휩싸이기는 마찬가지였다.

특히 팽가의 충격은 이루 말을 할 수가 없을 정도였는데 가주인 팽언도를 비롯하여 모든 식솔이 목숨을 잃었다는 말에 부친을 수행하며 돕고 있던 팽윤은 충격을 이기지 못하고 혼절을 할 정도였다.

창룡각과 문선각에 전해진 충격적인 소식은 천무장에 머물고 있는 모든 문파에 순식간에 퍼져 나갔고 모든 이를 충격과 공포로 몰아넣었다.


"손님들이 돌아가고 있다고 합니다."

"이 밤중에요? 다들 급했군요."

한호가 비웃음을 흘렸다.

"정무맹 쪽은 어찌 반응하고 있습니까?"

"아직까지 별다른 움직임은 없습니다만 이제 곧 움직이리라 봅니다."

소숙의 대답에 한호가 흥미로운 표정을 지었다.

"무척 궁금합니다. 저들이 무너진 정무맹을 회복시키기 위해 전력을 기울일지 아니면 우선 각자의 문파로 돌아갈지 말이지요."

"단독으로 우리에게 맞설 수 없다는 것은 이미 증명되었습니다. 틀림없이 정무맹을 수복하려 할 겁니다. 다만 일의 선후는 정무맹의 양대 세력이라 할 수 있는 무당과 남궁세가가 어떤 결정을 내리느냐에 따라 좌우되리라고 봅니다."

"정무맹주는 어떻습니까?"

"별 볼일 없는 위인이긴 해도 상징성이 있으니까 어느 정도 힘을 발휘하기는 할 겁니다. 하지만 소림이 개입하지 못하는 지금 정무맹의 운명을 결정하는 것은 역시 무당과 남궁세가입니다."

"뭐, 그건 그들 보고 알아서 결정하라고 하고 우리는 우리가 할 일을 하면 그만이겠지요. 준비는 끝난 겁니까?"

"예. 이미 만반의 준비를 갖췄습니다."

"혹여 들키거나……."

소숙이 고개를 흔들었다.

"개방과 투밀원의 정보력이 무너진 이상 그럴 일은 없습니다. 게다가 그들은 천무장을 중심으로 거의 모든 정보력을 집중시켰지만 놈들을 치는 장소는 천무장 인근이 아닙니다."

"하긴 정신도 없을 테니 그만큼 조심성도 떨어지겠고요."

"그렇습니다."

"어쨌거나 혈사림주를 그냥 보낸 것이 아쉽습니다."

혈사림주를 직접 상대하려 했던 한호는 혈사림의 반역이 생각보다 빨리 발각되는 바람에 혈사림주를 그냥 보낼 수밖에 없던 것을 무척이나 안타깝게 생각했다.

"화산검선과의 대결 이후, 처음으로 긴장되는 상대였는데요."

한호는 입맛까지 다시며 아쉬워했다.

"그냥 보내진 않습니다. 기왕 시작되었으니 제대로 인사를 해줄 생각입니다."

"호오! 은환살문이 혈사림주에 의해 큰 피해를 당했다는 것을 잊으신 건 아니겠지요?"

"물론입니다. 혈사림주의 목숨을 반드시 취한다고는 말하지 못하겠지만 그가 제시간 안에 혈사림에 도착하기는 힘들다는 것은 확실하게 말씀드릴 수 있습니다."

소숙의 자신만만한 태도에 한호는 그런 자신감의 배경이

무엇일까 무척이나 궁금해 했다.

"궁금하군요. 사부께서 무슨 계책을 세웠기에 그렇게 자신하는지요."

"그건 두고 보시면 아시게 될 겁니다. 그건 그렇고 이것을 봐주십시오. 이번 기회에 반드시 처리를 해야 하는 문파들을 정리한 것입니다."

"살생부로군요."

"이름을 붙이자면 그렇습니다."

소숙이 한호에게 살생부를 건넸다.

한호가 살생부를 펼치자 가장 앞에 정무맹의 이름이 적혀 있었다.

"우선, 정무맹주를 비롯한 정무맹의 잔당들을 처리해야 합니다. 총단을 무너뜨렸지만 정무맹주가 건재합니다. 그가 데리고 온 병력도 상당하고요. 무엇보다 그 상징성을 무시할 수는 없습니다. 확실히 처리를 해야 합니다."

"누가 공격을 하기로 되어 있습니까?"

"천추단이 대기하고 있습니다."

"천추단이요?"

한호가 눈을 크게 뜨며 되물었다.

"천추단이라면 소림을 공략하지 않았습니까?"

소숙이 못마땅한 눈으로 한호를 바라보았다.

"그러기에 강한 상대만 찾지 마시고 이 사부가 설명을 할 때 제대로 들으십시오. 소림사를 공격한 천추단은 천추일대와 이대였습니다. 정무맹주를 잡기 위해 대기하는 이들은 천추삼대고요. 제가 분명 병력을 나눈다고 말씀드렸습니다."

"그, 그랬던가요? 아, 기억이 납니다. 그렇게 말씀하셨지요. 아무튼 그래서요?"

한호가 소숙의 분노를 웃음으로 얼버무리며 다음 설명을 채근했다.

못마땅한 표정으로 한호를 바라본 소숙이 말을 이어갔다.

"천추단에 더해 이번에 천무장의 그늘로 들어온 문파들이 지원을 하기로 되어 있습니다."

"어쩌면 이곳에 모인 모든 이가 정무맹을 수복하기 위해 달려갈 수도 있습니다. 그리되면 어지간한 전력으론 감당하기 힘들 텐데요."

한호가 부정적인 태도를 보이자 소숙의 입가에 미소가 지어졌다.

"우리에게 가장 좋은 것은 각자 움직이는 것이지만 상관은 없습니다. 어차피 철검서생으로 하여금 배후를 치게 할 생각이니까요."

"이쪽에서 병력을 움직이면 저들이 눈치를 챌 것입니다."

"그 또한 걱정하실 것 없습니다. 처음부터 같이 움직이게 될 터이니."

"예?"

한호가 놀란 눈으로 되물었다.

"장주님을 암살하려 한 장군가가 정무맹의 본진을 초토화시켰습니다. 천무장에서 정무맹을 수복하려는 데에 힘을 보탤 충분한 이유가 되리라 봅니다만."

"하하하! 재밌는 생각입니다. 저들이 제대로 믿기만 하면 아주 훌륭한 계획이 되겠군요."

한호가 방이 떠나가라 웃어 젖혔다.

"은환살문의 휘하에 있는 살수단체 몇 개를 던져 줄 생각입니다. 그들과 피 튀기며 싸우는 천무장의 병력을 보면 믿지 않을 수 없겠지요."

"예. 확실히 그럴 것 같습니다."

소숙에게 엄지손가락을 치켜세운 한호가 살생부를 넘겼다.

두 번째 장에 적힌 문파는 남궁세가였다.

한호가 놀란 눈을 하자 소숙이 그럴 줄 알았다는 듯 웃으며 물었다.

"조금 의외인 모양이군요."

"예. 무당파라고 생각했습니다."

"무당파도 중요하나 남궁세가 역시 중요합니다. 장강 이남에서 막강한 영향력을 발휘하는 남궁세가를 우선적으로 흔들어 줄 필요가 있다고 판단했습니다."

"남궁세가를 그 정도까지 생각하신다면 아마도 천추사대가 대기하고 있겠군요."

"그렇습니다."

"제아무리 남궁세가라도 천추사대라면 너무 과한 병력을 배치한 것은 아닐까 싶습니다만. 어차피 남궁세가 전체를 상대하는 것도 아니고 축하 사절이라면 인원도 몇 되지 않을 텐데요."

"꼭 그렇지는 않습니다. 이 사부의 예측대로라면 천추사대는 남궁세가를 비롯하여 상당히 많은 문파의 사람들을 함께 상대해야 할 겁니다."

"어째서요?"

"천추사대가 남궁세가를 기다리는 지역의 특성상 많은 문파가 지나가게 되어 있습니다. 또한 그들은 어차피 돌아가는 길에 혹시 모를 위험을 줄이기 위해서라도 단독으로 움직이지 않고 함께 가려 할 겁니다. 아, 여기서 거론하는 문파들은 어느 정도 인지도가 있는 문파들입니다. 신경 쓸 필요조차 없는 문파들까지 합치면 헤아리기가 힘들 정도지요. 뭐, 병력의 숫자도 많아지기는 하나 천추단 앞에서 딱히 의미는 없습니다."

"녀석들이라면 잘 해낼 겁니다."

흐뭇하게 웃은 한호가 살생부의 다음 장을 넘겼다.


장강수로맹.


"역시."

예상했던, 아니, 그러기를 바랐다는 표정이었다.

"무당이나 여타 문파들이 알면 화를 내겠군요. 자신들이 고작 수적 떼보다도 못한 대우를 받았으니."

한호가 웃으며 말했다.

"그것이야말로 한심한 소리지요. 낙성검문을 무너뜨린 것 만으로도 장강수로맹은 그런 대접을 받을 자격이 있습니다."

"음."

낙성검문의 거론되자 과거의 아픈 기억에 한호의 인상이 살짝 찌푸려졌다.

낙성검문에 애틋한 감정은 없지만 그래도 처가요, 자식들의 외가가 아니던가.

급히 수하들을 보내 멸문지화를 면하게는 해주었지만 낙성검문이 과거의 칠주로 돌아오기까지 얼마의 세월이 걸릴지 아무도 몰랐다.

어쩌면 돌아오지 못하고 영원히 도태될지도 모르는 일이

었다.

"장강수로맹을 대표해서 온 사람이 바로 일도파산과 영사금창입니다. 장강무적도가 장강수로맹에 합류한 것으로 판단이 되지만 이들 둘을 제거한다면 장강수로맹은 날개를 잃는 것이나 마찬가지입니다."

"반드시 제거해야 하겠군요."

"예."

"누가 갔습니까?"

"양조굉 장로가 세 명의 장로를 대동하고 움직였습니다."

"대장로가요? 어쩐지. 그래서 개파대전 내내 보이지가 않았군요."

"그런데 솔직히 걱정입니다."

소숙이 한숨을 살짝 내쉬었다.

"뭐가 말입니까?"

"대장로가 상대해야 할 일도파산은 몹시 위험한 인물입니다. 솔직히 이 사부는 대장로가 이긴다는 확신을 하지 못하겠습니다. 해서 다른 사람을 보내려 하였습니다."

"하하하! 대장로가 상대하지 못하는 사람을 누가 상대한단 말입니까?"

"한 사람이 아무리 뛰어난 힘을 지녀도 다수의 힘을 감당할 수는 없는 법입니다."

한호의 안색이 살짝 굳었다.

"일도파산을 그 정도까지 생각하고 계셨습니까?"

"그는 정말 강합니다."

소숙의 단호한 대답에 여유로웠던 한호의 얼굴에서 웃음이 사라졌다. 그러나 이내 고개를 흔들었다.

"대장로는 반드시 이길 것입니다."

"그러리라 믿고 있습니다. 그나마 다행인 것이 세 명의 장로를 대동하고 움직였다는 겁니다. 그들에게 따로 언질도 해두었으니 큰 문제는 없으리라 봅니다."

"따로 언질이라면……."

뭔가 짐작이 되는 것이 있는지 한호가 조금은 화가 난 표정으로 술잔을 들었다.

"그런 식으로 싸움에 이기거나 목숨을 구함 받는다면 대장로가 싫어할 겁니다."

"어쩔 수 없는 일입니다. 이 사부가 욕을 좀 먹고 말지요. 그를 잃을 수는 없습니다."

"차라리 제가 따라가는 것은 어떨까요?"

한호가 은근한 어조로 물었지만 소숙은 단호히 고개를 저었다.

"그럴 수는 없습니다. 절대로 안 됩니다."

소숙의 눈이 굳어지자 은근히 내심을 비쳤던 한호가 얼른 고개를 돌렸다.

"자, 다음 문파를 볼까요?"

한호가 살생부를 한 장, 한 장 넘길 때마다 무림에서 쟁쟁한 명성과 그만한 힘을 지니고 있는 문파와 가문들의 이름이 스쳐 지나갔다.

살생부의 마지막 장이 넘어갔을 때 소숙이 말했다.

"저들이 각자 움직인다면 살생부에 적힌 문파의 사람들은 다시는 살아서 자신의 집으로 돌아갈 수 없을 것입니다. 다만 앞서 말씀드린 대로 살생부에 적힌 문파 중 상당수가 정무맹의 총단을 수복하러 움직일 가능성이 있습니다. 철검서생으로 하여금 뒤를 치게 한다고는 계획을 세워두기는 했으나 솔직히 역부족일 수 있습니다. 해서 그럴 경우……."

한호가 소숙의 말을 잘랐다.

"다른 계획은 필요 없습니다. 그럴 경우 제가 직접 갑니다, 사부."

"장주!"

"어차피 나서려고 마음먹은 참이었습니다. 이번엔 사부께서도 저를 말리진 못합니다."

"……."

"허락하신 것으로 알겠습니다."

"후~ 마음대로 하십시오. 언제는 제 말을 들었습니까?"

소숙이 고개를 설레설레 내젓자 한호가 조금은 미안한 표정으로 입을 열었다.

"너무 그러지 마십시오, 사부. 그래도 저만큼이나 말을 잘 듣는 제자도 없습니다."

"……."

사부의 토라진 모습에 슬쩍 미소 짓던 한호가 넌지시 말을 꺼냈다.

"현판(懸板)도 바꿀 생각입니다."

고개를 돌려 외면했던 소숙이 슬쩍 시선을 주었다.

"바꿔야지요. 하면 언제 바꿀 생각입니까?"

"내일 정오에 하려 합니다."

소숙이 눈살을 찌푸렸다.

"그렇게 서둘 일은 아닙니다. 이번 공격의 성과를 충분히 지켜보고 해도 늦지는 않습니다. 당장 정무맹주를 따라가는 이들에게 문제가 생길 수도 있습니다."

"그런가요? 정오 정도라면 큰 문제는 없으리라 봤는데요."

한호가 시큰둥하게 대답하자 지금껏 치밀하게 계획을 세워왔던 소숙의 입에서 절로 한숨이 흘러나왔다.

"장주의 충동적인 결정에 이 사부가 얼마나 마음 고생을 하는지 알기는 아십니까?"

"죄송합니다, 사부. 그러나 이번엔 제 의견을 따라주셨으면 좋겠습니다. 어차피 세상에 모습을 드러낼 일만 남았습니다. 기왕이면 많은 이가 보는 앞에서 당당히 이름을 걸고 싶군요."

"진심이십니까?"

"예."

"철검서생에게는 따로 연락을 해놓겠습니다. 그러면 조금 당황을 하겠지만 잘 대처하겠지요. 다만 이곳에선 심각한 문제가 발생할 것입니다."

소숙의 말에 한호가 뜨거운 미소를 지었다.

"이미 상당한 문파가 떠났습니다. 내일 정오까지 어떤 문파가 남아 있을까요? 그리고 사부께서 말씀하신 그 문제가 과연 우리에게 생기는 것일까요? 아니면 그들에게 생기는 것일까요?"

한호의 웃음을 접한 소숙은 자신도 모르게 소름이 돋았다.

"그들을 모조리 처리할 생각입니까?"

"다 떠나고 없는 마당에 굳이 놔둘 필요는 없지 싶습니다. 호랑이 굴에 들어온 사냥감을 그냥 보내는 것도 예의는 아닌 듯싶고. 수백 년 만에 제대로 현판을 거는데 제물도 필요할 것 같고요."

한호가 이미 결심을 굳혔다는 것을 확인한 소숙이 고개를 끄덕였다.

"알겠습니다. 준비하도록 하겠습니다."

"궁금합니다. 과연 어떤 문파가 남아 있을까요?"

한호의 입가에 다시금 미소가 걸렸다.

*　　　*　　　*

극도의 혼란에 휩싸인 천무장에서 거의 유일하게 평정심을 유지하고 있는 곳. 바로 마황성의 사절단이 머물고 있는 천설당이었다.

늦은 밤까지 탁자에 쌓여 있는 서찰들을 일일이 살펴보며 정보를 취합하는 제갈궁은 피곤한 기색이 역력했다.

그에 반해 홀로 술잔을 고독검마는 너무도 여유로운 모습이었다.

"상황이 몹시 흥미롭게 진행되고 있는 모양이군."

고독검마가 입안 가득 맴도는 주향을 허공에 날려 보내며 말했다.

"글쎄요. 흥미로운 것인지 모르겠습니다."

제갈궁의 음성은 무거웠다.

"무슨 뜻인가?"

"생각보다 장군가의 힘이 무섭기에 드리는 말씀입니다."

"하긴 정무맹과 개방, 팽가가 그리 쉽게 무너지리라곤 생각하지 못했으니까."

"무엇보다 개방이 속수무책으로 당했다는 것이 충격입니다. 아무리 천무장 쪽으로 정보력을 집중시켰다고 해도 개방인데 말이지요. 개방이 무너짐으로써 정무맹의, 아니, 정도문파라 자부하는 자들의 눈과 귀가 막혔습니다."

"투밀원이 있지 않는가?"

"그 투밀원 정보의 상당 부분을 개방에서 감당하고 있었습니다. 게다가 정무맹까지 초토화가 된 상황이니 투밀원의 정보력도 사실상 무너진 것이나 다름없지요."

"저들이 저렇게 당하고만 있지는 않을게야. 정무맹은 그들의 의견을 조율하는 단체였을 뿐 지금부터가 진짜 싸움이라할 수 있겠지. 어쩌면 그 어느 때보다 무섭게 뭉칠 수 있겠군."

"그거야 두고 보면 알겠지요. 일단은 이곳을 무사히 벗어나는 것이 관건입니다."

"별일이야 있을까? 정무맹을 집중적으로 두드린 것을 보면우리까지 건드릴 생각은 없을 것 같군. 보아하니 혈사림 쪽에도 문제가 생긴 모양인데 바보가 아닌 이상 함부로 도발하지는 못할게야."

눈앞에 닥친 위험을 그다지 대수롭지 않게 여기는 고독검마와는 달리 제갈궁은 여전히 심각했다.

"우리 쪽이야 무사할지 몰라도 저들은 무사하기 힘들 겁니다. 자작극까지 벌려가며 이목을 돌리는데 성공을 했으니 곧 사달이 날 겁니다."

제갈궁은 낮에 벌어진 암살 사건이 천무장의 자작극임을 확신했다.

이유는 간단했다.

지난 밤, 사사천교에서 활약하다 돌연 사라진 열화기의 생존자가 천무장에 있다는 것을 확인한 제갈궁은 그들의 움직임을 예의 주시하라 명했고 마월영의 요원들이 새벽녘에 은밀히 천무장을 빠져나간 그들이 일단의 무리와 합류를 하는 것을 확인한 것이다.

그들이 어느 순간 사라진, 사사천교의 최정예라던 열화기임은 두말할 것도 없었다.

"어쨌건 만일을 대비해서라도 대책을 세워야 할 것입니다. 필요하다면 저쪽과 손을 잡을 수도 있고요."

고독검마는 제갈궁이 말하는 저쪽의 대상이 정무맹이 아니라 유대웅임을 알차내고는 고개를 끄덕였다.

"자네가 그렇게까지 말한다면 떠나기 전에 한번 만나볼 필요는 있을 것 같군."

말과 함께 고독검마는 이미 자리에서 일어나고 있었다.

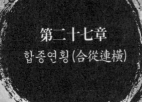

第二十七章
합종연횡(合從連橫)

"방금 전, 정무맹주가 천무장을 떠났습니다."

　적들의 손에 넘어간 정무맹의 총단을 수복해야 하는 것이 우선인지 아닌지를 놓고 몇 시진째 격론을 펼치는 정무맹과 각 문파의 수뇌들을 보며 아예 자리를 박차고 나와 버린 유대웅은 덕진 도장의 말에 씁쓸히 고개를 끄덕였다.

　"결국 그렇게 되었군요."

　"정무맹주가 떠난 것과 동시에 각 문파들도 준비를 서두르는 것 같습니다."

　"이 늦은 밤중에 말인가요? 새벽이 오려면 아직도 멀었습니다."

"상당수의 문파가 이미 떠났습니다. 예의가 아니라는 것은 다들 알겠지만 상황이 상황인지라 어쩔 수 없는 것 같습니다. 그들을 위해 천무장에서도 최대한 배려를 해주는 것 같고요. 천무장 전체가 대낮처럼 환히 밝혀진 상태입니다."

"그렇겠지. 이곳에 와 있는 이들 대부분이 각 문파의 수장. 소림과 개방, 팽가까지 당한 마당에 자신들의 문파와 가문이 걱정되는 것은 당연한 일이지."

고개를 끄덕인 청우가 갑자기 생각났다는 듯 물었다.

"정무맹엔 각 문파에서 보낸 제자들이 많은데 설마 그들까지 불러들인 것은 아닐까?"

"그러지는 않았을 겁니다. 그건 말 그대로 정무맹과 다른 길을 가겠다는 것인데 장군가를 상대하기 위해서라도 그럴 수는 없지요."

유대웅의 대답에 덕진 도장이 고개를 끄덕였다.

"사숙의 말씀이 맞습니다. 정무맹에 속한 제자들은 지위고하를 막론하고 거의 모두가 정무맹주를 따라 움직였습니다."

"그나마 다행스런 일이군."

청우가 굳었던 얼굴을 살짝 피며 말했다.

"그래도 생각보다는 빠른 결단을 내린 것 같습니다. 그간 겪어 온 정무맹주는 처세술엔 능할지 몰라도 무리를 이끄는 능력은 영 꽝이라 생각했거든요. 여러 문파가 외면하는 상황에서 정무맹의 병력만을 가지고 이렇듯 전격적으로 움직일 줄은 몰랐습니다. 솔직히 많이 무모해 보이는군요. 도대체 얼마 되지도 않는 병력으로 정무맹의 총단을 무너뜨린 적을 어찌 상대하겠다는 것인지."

유대웅이 한숨을 내쉬자 덕진 도장이 슬며시 입을 열었다.

"꼭 그렇게 볼 문제는 아닌 것 같습니다."

"다른 이유라도 있는 모양이군요."

"천무장에서 병력을 지원하기로 결정했습니다."

유대웅의 얼굴이 딱딱하게 굳었다.

"자세히 말해보세요. 누구를, 얼마나 지원을 한다는 겁니까?"

유대웅이 붉게 상기된 얼굴로 물었다.

"일전에 사사천교를 토벌했던 철검서생께서 이백 명의 정예를 이끌고 직접 정무맹주를 돕기로 결정한 모양입니다. 장군가에서 장주를 암살하려 한 것에 대한 보복이라나요. 정무맹주와 함께 출발했는지는 모르겠지만 지원을 하는 것은 확실합니다."

"정무맹주가 이를 받아들였다는 겁니까?"

대답을 하기도 전에 질문을 한 유대웅이 도리질을 쳤다.

"당연한 질문이었군요. 궁지에 몰린 정무맹주로서야 천군

만마를 얻은 것 같았을 텐데요."

"그래도 천무장은… 사제의 의견을 무시한 것은 둘째치고 정무맹에서도 그들을 의심을 하고 있다고 하지 않았나?"

청우가 답답한 듯 물었다.

"반신반의 하겠지만 지금도 의심은 하고 있을 겁니다. 그럼에도 정무맹주로선 천무장의 손을 뿌리치기가 쉽지 않았겠지요. 일단 낮에 있었던 일 때문이라도 복수를 명분으로 건다면 거부하기가 어렵고요. 하지만 정말 최악의 선택을 한 겁니다. 멍청한 인간들. 그렇게 말을 했건만."

유대웅은 서로의 이익만을 위해 지루하게 이어지는 격론과 더불어 자신이 창룡각의 문을 박차고 나오게 된 결정적인 이유를 떠올리며 불같이 화를 냈다.

정무맹주의 소집령에 의해 창룡각으로 향하던 유대웅은 때마침 그를 찾고 있던 고독검마와 잠시 얘기를 나누었다.

고독검마는 제갈궁이 알아낸 사실들을 일러주며 천무장을 조심하라 경고했고 그렇잖아도 천무장을 의심하던 유대웅은 고독검마의 정보에 진심으로 감사해했다.

하지만 다른 이들은 그렇지 않았다.

유대웅이 창룡각에서 고독검마에게 전해들은 이야기를 꺼냈음에도 정무맹과 각 문파의 대표들은 유대웅의 말을 전혀 귀담아 듣지 않았다.

심지어 평소 유대웅에게 우호적이었던 이들까지도 회의적으로 생각할 정도였다.

무엇보다 그 정보의 출처가 마황성이라는 것에 문제를 삼았는데 대다수의 사람은 오히려 마황성이 정무맹의 위기를 틈타 천무장과의 분란을 일으키려는 수작이라고까지 폄훼했다.

만약 모든 이의 만류에도 불구하고 개방의 정보력을 다시 재건하지 못하면 무림의 미래가 암울하다는 말을 남기고 천목개와 함께 일찌감치 천무장을 떠난 삼불신개가 남아 있었다면 상황은 달라졌을지 몰랐다.

그러나 유대웅의 의견은 철저하게 외면을 당했고 그 순간부터 그는 입을 다물고 더 이상의 논의에 끼어들지 않았던 것이다.

그마저도 참지 못하고 곧 자리를 박차고 뛰쳐나왔지만.

"천무장의 지원이 결정되자 중립을 지키며 눈치를 보던 많은 문파가 정무맹으로 향하겠다고 선언을 했습니다. 미리 떠났던 문파들이 합류한다는 소리도 있고요. 그 병력도 상당합니다."

"훗, 정무맹주의 제안을 반대했던 무당파나 남궁세가가 조금 곤혹스럽겠군요. 그렇다고 지금 와서 말을 바꾸기도 애매하고."

유대웅이 입가 가득 비웃음을 흘렸다.

"우리는 어찌해야 할지 모르겠다."

청우가 한숨을 내쉬었다.

유대웅이 창룡각의 문을 박차고 나온 순간부터 화산파는 이미 정무맹과 선을 그은 것이나 다름없었기 때문이었다.

"게다가 그 아이들의 생사마저 알지 못하니……."

순간, 유대웅을 비롯한 화산파 제자들의 안색이 급격히 어두워졌다.

정무맹에 남아 있던 영영과 화산파 제자들의 생사가 아직 확인되지 않은 터. 들려오는 이야기대로라면 상당히 비관적이었으나 유대웅은 반드시 살아 있을 것이란 확신을 가지고 하오문을 통해 은밀히 그들을 수소문 하는 중이었다.

"어쨌든 우리도 화산으로 돌아가야 하지 않겠습니까?"

덕진 도장이 조심스레 물었다.

"일단 장문 사질의 의견을 들어봐야겠지."

청우가 정무맹의 문제로 잠시 자리를 비운 원진 도장을 거론했다.

"그런데 그쪽은 별문제 없는 것이겠지? 다녀와야 하는 것 아냐, 사제?"

유대웅은 청우가 무엇을 묻는지 금방 이해했다.

"걱정 없을 겁니다. 여차하면 마황성과 합류하라는 당부도 은밀히 해놓았고요."

"마황성과?"

청우가 동그랗게 눈을 뜨고 물었다.

"예. 조금 전, 고독검마 어르신을 만나면서 오갔던 얘깁니다. 마황성도 조금은 위협감을 느끼고 있어서요."

"아무래도 그렇겠지. 아무리 일당백이라 해도 인원이 얼마 되지 않으니."

청우가 이해한다는 듯 고개를 끄덕였다.

"솔직히 이곳에 와 있는 전력으로 따지자면 장강수로맹도 마황성 못지않습니다."

"두 분 어르신의 실력만으로도 든든하지. 그나저나 천하의 마황성이. 하하! 이것 참."

청우는 자존심 강하기로 유명한 마황성이 장강수로맹과 손을 잡았다는 말에 이상하게 웃음이 나왔다.

*　　　*　　　*

"마황성에서 우리의 정체를 눈치 챌 줄은 몰랐군요."

한호가 놀랍다는 듯 말했다.

"제대로 신경 쓰지 못한 제 잘못입니다. 설마하니 열화기 대원을 알아보고 그들을 추적할 줄은 몰랐습니다."

소숙이 낭패한 얼굴로 머리를 숙였다.

유대웅이 정무맹의 수뇌들 앞에서 열화기의 일을 거론하며 천무장과 장군가와의 관계를 주장했다는 말을 듣고 얼마나 놀랐던가.

"아니요. 그것을 찾아낸 마월영의 정보원들이 뛰어난 것입니다. 멍청한 것은 그것을 전해 듣고도 신뢰하지 않은 정무맹 놈들이지요."

"운이 좋았습니다. 만약 저들이 마황성의 말을 신뢰했다면 큰 문제가 생길 뻔했습니다."

"당장 이곳이 전장으로 변했겠지요. 아, 꼭 그렇지는 않을까요? 증거는 없었으니까."

안도의 한숨을 내쉬는 소숙과는 달리 한호는 그다지 대수롭게 여기지 않았다.

"아무튼 대단한 친구입니다. 마황성과는 언제 인연을 맺었을까요? 얘기를 들어보니 장강수로맹의 사람들과도 접촉을 했다고 하던데요."

"정무맹과도 많은 충돌이 있었다는 것을 보면 사부의 말씀 대로 독특한 친구입니다."

한호가 피식 웃음을 터뜨렸다.

"참, 화산파는 언제 이곳을 떠난다고 합니까?"

"아직 별다른 얘기는 없습니다만 곧 떠나리라 봅니다."

"정오까지 머무를까요?"

순간, 소숙은 한호의 눈빛에 일렁이는 욕망을 보았다.

"그를 상대하고 싶으신 겁니까?"

"예. 혈사림주가 어째서 그렇게 무리를 해가며 그를 천룡쟁투로, 자신과의 싸움으로 끌어들이려고 했는지 조금은 알 것 같습니다. 이상하게도 호승심을 불러일으킵니다. 덩치가 커서 그런 걸까요?"

마지막 말은 농에 불과했지만 그전까지는 한호의 진심이 담겨 있었다.

"글쎄요. 어쩌면 청풍이라는 인물 자체보다는 그에게 드리워진 그늘을 보고 있다는 생각도 듭니다."

"그늘이라면······."

"화산검선. 혈사림주와 장주님 모두 화산검선과 대결을 펼친 적이 있습니다. 그리고 그의 강함에 매료가 되었지요. 청풍이라는 화산검선의 제자를 통해 다시금 그를 만나보고 싶어 하는 것은 아닐는지요."

소숙의 말에 함참이나 말을 하지 못하던 한호가 천천히 고개를 끄덕였다.

"그럴 수도 있겠군요. 하지만 그게 전부다는 아닐 겁니다. 그 친구에게도 분명 뭔가 모르는 느낌이 있습니다. 마치 운명과도 같이 저를 끌어당기는 이상한 힘이."

"……."

"어쨌거나 내일이 기대가 되는군요. 과연 화산파가, 그가 남아 있을지 그렇지 않을지요. 만약 그가 남아 있다면……."

한호가 소숙에게 환한 웃음을 지으며 말했다.

"그는 제가 상대합니다."

*     *     *

"사숙조님."

이른 새벽, 운연이 정무맹에 남겨둔 영영과 화산파의 제자들, 추뢰, 묵검단원들에 대한 걱정과 혹시 모를 천무장의 도발에 대비하기 위해 거의 뜬눈으로 밤을 지새운 유대웅의 처소를 찾았다.

"무슨 일이지?"

유대웅이 약간은 피곤한 얼굴로 문을 열었다.

"소, 손님이 찾아오셨습니다."

"손님?"

유대웅이 운연 뒤에 서있는 사내를 보기 위해 고개를 살짝 틀었다.

운밀각주 사도진이었다.

유대웅의 표정이 살짝 굳었다.

지금껏 연락을 해오던 전령이 아니라 운밀각주가 직접 찾아왔다는 것은 그만큼 사안이 중하다는 것을 의미하는 것이었다.

'혹시……'

유대웅이 영영을 떠올리며 황급히 물었다.

"영영에 대한 소식인가?"

"아닙니다."

안도의 한숨을 내쉬던 유대웅은 사도전이 문밖에 서 있다는 것을 알고는 쓴웃음을 지었다.

"안으로 들지."

"운밀각주가 맹주님을 뵙습니다."

사도전이 바닥에 엎드려 인사를 했다.

"어서 일어나. 어제도 봤잖아. 비록 먼발치에서지만."

유대웅의 가벼운 손짓에 사도진의 몸이 붕 뜨다시피 하여 일어났다.

"천무장의 이목도 두려워하지 않고 각주가 직접 찾아올 정도라면 뭔가 심각한 문제가 발생한 모양이군."

"그렇습니다."

"놈들과 관계된 이야기인가?"

"예."

"경청하도록 하지."

유대웅이 진지한 눈빛으로 자세를 바로하자 살짝 숨을 고른 사도진이 더없이 신중한 목소리로 보고를 시작했다.

"조금 전, 군사께서 연락을 해오셨습니다."

"장청이?"

"예. 장강수로맹으로 귀환을 하는 과정에서 각별히 조심하라는 내용이었습니다."

"이유가 있겠군."

"길목에 은밀한 움직임이 포착된 모양입니다."

"길목이라면 장강수로맹으로 돌아가는 길에 매복이라도 있단 말이야?"

유대웅의 천천히 팔짱을 끼며 군은 목소리로 물었다.

"그렇게 예상하고 있습니다."

"적의 규모는? 아니, 장군가가 확실하긴 한 건가?"

"장군가라는 확신을 할 수는 없고 병력의 규모도 제대로 파악이 되지는 않았지만 심상치 않은 움직임이 있는 것은 틀림없는 것 같습니다."

"너무 막연하잖아. 딱히 우리를 노렸다고도 볼 수도 없는 노릇이고."

사도진이 고개를 흔들었다.

"그런 움직임이 곳곳에서 감지되고 있다고 합니다. 중요한 것은 은밀한 움직임이 감지되는 장소가 주요 문파들이 귀환하는 경로와 거의 일치한다는 것입니다."

유대웅은 비로소 장청이 걱정하는 것을 이해했다.

"작정하고 함정을 팠다는 거군."

"그렇습니다."

"역시. 천무장 놈들은 우리를 그냥 보낼 생각이 없었어. 이곳에서 일을 벌이면 제놈들도 피해를 많이 볼 상황이니 아예 흩어 놓고 각개격파를 하겠다? 잔머리를 많이 굴렸군. 아, 혹시 그 장소 중에 창문산(窓門山)이라는 곳이 포함되어 있나?"

유대웅의 물음에 사도진이 놀라는 표정으로 되물었다.

"맹주님께서 그걸 어찌 아셨습니까?"

"어젯밤에 전했잖아. 이미 노출이 된 놈들이 있다고."

"아! 그렇군요.

사도진은 지난 밤, 유대웅을 통해 마월영이 과거 사사천교의 정예이자 지금은 천무장의 수족으로 예상되는 열화기가 창문산 언저리에 숨어 있다는 것을 전해 주었음을 기억했다.

"바로 그곳이 창문산이었군요. 그리고 보면 마황성의 정보력은 역시 무섭습니다."

사도진이 마황성의 정보력에 감탄을 하자 유대웅이 코웃음을 치며 말했다.

"우리가 지닌 정보력은 그들을 능가하고 있지."

유대웅의 얼굴에 가득 떠오른 자부심에 사도진의 입가에

도 절로 미소가 지어졌다.

장강수로맹이 아니라 엄밀히 말해 하오문의 정보력이었지만 굳이 구분을 지을 생각은 없었다.

유대웅이라는 인물을 생각해 볼 때 하오문이 장강수로맹을 떠날 가능성은 전무하다 해도 과언이 아니라 여겼기 때문이었다.

"그래서 어찌할 생각이지?"

유대웅이 사도진의 생각을 물었다.

장강수로맹의 시절단을 이끄는 사람은 자우령이었지만 세부적인 사항을 결정하는 것은 사도진이었다.

"지난밤, 맹주님께서 말씀해 주신대로 마황성과 합류를 해 볼까 합니다."

"좋은 생각이야. 마황성에서도 놈들이 매복을 하고 있다는 것을 알면 순순히 받아들이겠지."

"설사 맞부딪친다고 해도 혼자보다는 함께했을 때 위험이 덜 할 테니까요."

"좋은 판단이야. 흠, 장강수로맹은 그렇게 정리를 하면 될 것 같은데 이쪽이 걱정이군."

"지금이라도 알려야 하지 않겠습니까?"

유대웅이 쓸쓸한 표정으로 고개를 흔들었다.

"의미 없어. 고독검마 어르신이 알려 주신 정보를 가지고

여러 사람을 설득해 보았지만 돌아오는 것은 무시와 냉소뿐
이었지. 마황성에서 나온 정보라는 단 하나의 이유로. 장강수
로맹이라고 해도 다르지 않아. 어차피 그들에겐 마황성이나
장강수로맹이나 똑같이 보일 테니까."

"그렇다고 이대로 방치하면 피해가 너무 커집니다. 저 또
한 정무맹과 여러 문파의 행태가 마음에 들지는 않지만 그들
이 쉽게 무너지면 장군가를 막기가 더욱 힘들어 집니다. 최대
한 피해를 줄어야 합니다."

"그건 그렇지만……."

잔뜩 찌푸린 얼굴로 생각에 잠겼던 유대웅이 밖을 향해 소
리쳤다.

"운연은 들어와라."

문이 열리고 운연이 조심스런 걸음걸이로 방에 들어섰다.

"지금 즉시 천무장을 떠나지 않고 남아 있는 이들이 누구
인지 파악을 해라. 모두 다 조사할 필요는 없다. 한 지역을 대
표할 수 있을 정도로 세력이 큰 곳으로만."

"알겠습니다."

운연이 즉시 대답하며 물러났다.

화산파 제자들에게 청풍의 존재는 그야말로 하늘에 떠 있
는 태양이나 마찬가지. 의문 따위가 있을 리 없었다.

"연합을 하실 생각이군요."

사도진이 빙긋이 웃으며 물었다.

"아무리 생각해도 그 방법밖에는 없는 것 같아서. 어차피 화산파도 단독으로 놈들을 상대하기에 너무 벅차. 살려면 어쩔 수 없지."

"현명하신 판단입니다. 저도 이만 돌아가겠습니다. 행여나 마황성이 떠나면 곤란하니까요."

"그러는 게 좋겠군. 두 분 어르신께 전해. 절대로 무리하지 마시고 조심하시라고."

"알겠습니다. 맹주님께서도 보중하십시오."

사도진이 정중히 예를 표하고 물러나려 할 때 유대웅이 넌지시 물었다.

"참, 영영에 대한 소식은 없나?"

"죄송합니다. 아직……. 팽가의 식솔들이 탈출에 성공했다는 것은 확인이 되었지만 정무맹의 생존자들에 대해선 별다른 소식이 없습니다."

"아니. 괜찮아. 곧 소식이 있겠지. 그런데 팽가에 생존자가 있었던가?"

"예. 아녀자들이 탈출에 성공한 모양입니다."

"잘됐군."

유대웅이 애써 밝은 목소리로 말했지만 얼굴에 드리우는 그늘을 지우지는 못했다.

　　　　＊　　　＊　　　＊

　정무맹주를 비롯해 많은 문파가 새벽이 되기도 전에 천무장을 떠났지만 다행스럽게도 남아 있는 문파들도 꽤 되었다.

　유대웅이 가장 먼저 달려간 곳은 황하련이었다.

　난리가 난 백도 문파들과는 달리 황하련은 자신들에게 떨어진 불똥이 아니라 여기는 것인지 아직까지는 비교적 여유가 있었다.

　하지만 그들은 유대웅이 자신들을 찾아온 이유를 전해 듣고 그들의 목숨도 위협을 받고 있다는 말에 크게 놀랐다.

　황하련의 대표로 온 백서진과 부친을 수행하기 위해 따라온 백천은 유대웅을 전적으로 신뢰하는 몇 안 되는 사람들로 화산파와 행동을 같이하기로 약속을 하고 곧바로 출발 준비를 시작했다.

　황하련의 합류를 약속받은 유대웅이 두 번째로 찾아간 곳은 당가였다.

　당학운이 정무맹주와 함께 떠났지만 당가에는 죽기 전에 천룡쟁투를 보겠다고 고집을 피워 사절단을 따라온 대장로 당곤과 그의 명으로 당가에 남은 당소진이 있었다.

　유대웅의 말을 믿기 어려워하는 식솔들의 말을 간단히 무시한 당곤의 지지로 당가 역시 화산파와 행동을 같이하기로 했다.

유대웅이 세 번째로 찾아간 곳은 현 상황에서 가장 입지가 좋지 못한 팽가였다.

"어서 오십시오."

팽윤이 수척해진 얼굴로 유대웅을 맞이했다.

"팽가의 소식은 들었습니다. 뭐라 위로의 말을 해야 할지 모르겠군요."

"고맙습니다. 안으로 드시지요."

남궁세가를 비롯해 함께 지내던 모든 세가가 떠나서 그런지 문선각은 한산했다.

유대웅이 문선각의 내부를 둘러보며 어두운 표정을 짓자 팽윤이 씁쓸히 입을 열었다.

"남궁세가를 끝으로 새벽녘에 모두 떠났습니다. 남은 것은 본가뿐이지요."

"죄송한 말이지만 가장 먼저 움직일 곳이 팽가라 여겼습니다. 어째서 아직까지 움직이지 않으신 겁니까?"

유대웅이 솔직하게 물었다.

"판단이 서지 않아서요."

"예?"

"지금 상황에 대한 판단이 제대로 서지 않아서 망설이고 있는 중이었습니다. 정무맹주를 따라 정무맹의 총단을 수복하러 가야 하는 것인지 아니면 본가로 가야 하는 것인지 말입니다. 어쨌거나 결정을 내려야겠지만요."

유대웅이 이해를 하지 못하겠다는 표정을 짓자 팽윤이 한숨을 내뱉었다.

"본가가 그리되었다는 소식이 전해졌을 때 부친을 비롯하여 세가의 어른들께선 당장에라도 본가로 돌아가야 한다고 말씀하셨습니다. 출발 준비까지 모두 마친 상태였지요. 그렇지만 제가 말렸습니다."

"어째서 말렸는지 물어도 되겠습니까?"

유대웅이 흔들리는 팽윤의 눈빛을 살피며 물었다.

"개죽음이니까요."

"……"

전혀 생각지도 못한 대답에 유대웅은 선뜻 입을 열지 못했다.

"그 짧은 시간에 본가를 무너뜨린 장군가입니다. 조부님을 비롯해서 팽가의 모든 힘이 감당하지 못한 장군가를 고작 여기 있는 몇 명으로 어찌할 전력이 아닙니다. 일순간 분노를 터뜨릴 수는 있겠지만 그게 답니다. 아무것도 하지 못하고 일방적으로 몰살을 당하고 말겠지요. 그런 꼴이 될 수는 없었습니다."

"맞는 말이긴 하나 조금 냉정하다는 생각을 지울 수는 없군요. 그래도 본가가 그리되었는데. 최소한 복수를 위해서라면 정무맹주를 따라갔어야 하는 것 아닐까요?"

유대웅의 말에 팽윤이 희미하게 웃으며 고개를 끄덕였다.

"그런 비난은 당연한 것입니다. 그래도 어쩔 수 없습니다. 비난을 감수하더라도 전 가문을 지켜야 합니다. 팽가의 미래를 위해서라도 살아야 합니다. 우리가 살아 있는 한 팽가는 아직 무너진 것이 아니니까요. 그런 의미에서 정무맹주를 따라가는 것 역시 너무 위험했습니다."

유대웅은 입술을 꽉 깨물고 애써 평정심을 유지하려고 노력하는 팽윤의 모습에 마음 한편이 짠해졌다.

그리고 언젠가 팽가가 부활을 한다면 그 중심에 팽윤이 있으리라는 것을 믿어 의심치 않았다.

그런 팽윤을 위해서 나름의 선물을 준비했다는 것이 얼마나 기쁜지 몰랐다.

"한 가지 잘못 알고 계시는 것이 있습니다."

"그것이 무엇입니까?"

"팽가의 미래는 공자 혼자 책임지는 것이 아닙니다."

팽윤의 미간에 주름이 잡혔다.

눈빛이 차가워지는 것이 유대웅이 그를 조롱하는 것이라

착각한 듯했다.

유대웅은 팽윤의 반응에 아랑곳없이 말을 이어갔다.

"장군가의 마수에서 탈출에 성공한 식솔들이 있습니다."

"네?"

팽윤이 벌떡 일어났다.

화산파에서 사람이 왔다는 소식에 초췌한 모습으로 방으로 들어서던 팽가진과 당숙 팽완(彭梡)의 몸이 그대로 굳었다.

"지, 지금 그게 무슨 말씀입니까? 본가의 식솔들이 살아 있다는 말입니까?"

팽윤이 덜덜 떨리는 음성으로 물었다.

유대웅이 대답을 하기도 전에 달려온 팽가진이 다시 물었다.

"어서, 어서 말씀을 해보시오."

유대웅은 자신의 양팔을 아프도록 꽉 움켜진 팽가진의 행동에도 불쾌한 감정을 전혀 느끼지 못했다.

오히려 간절하기 그지없는 눈빛에 마음이 아플 뿐이었다.

"제가 알고 있는 정보에 따르며 팽가를 탈출한 이들이 있었습니다. 대다수가 아녀자들이었는데 그 수가 상당하다고 하더군요."

"어디에, 어디에 있는 것이오?"

팽가진이 물었다.

"아니, 그보다는 다들 무사한 것이오? 혹여 장군가에 포로가 되었다거나 하지는 않았소?"

팽완도 참지 못하고 물었다.

"그렇지는 않습니다. 혹 광평부를 아십니까?"

"아, 알고 있소."

팽가진이 미친 듯이 고개를 끄덕였다.

"그곳으로 피신한 모양이더군요."

"화, 확실한 것이오?"

팽가진이 다시 물었다.

유대웅이 밝게 웃으며 대답했다.

"확실합니다."

"아!"

팽가진은 주제할 수 없는 기쁨에 그대로 주저앉고 말았다.

"아버지!"

깜짝 놀란 팽윤이 달려와 부축을 하자 그의 팔에 기대 힘겹게 일어선 팽가진이 유대웅을 향해 정중히 허리를 숙였다.

"고맙소, 정말 고맙소. 청풍 도장."

거듭 고개를 숙이는 팽가진의 눈에선 굵은 눈물이 뚝뚝 떨어지고 있었다.

"모두 죽었다 여겼거늘 이 얼마나 기쁜 소식이란 말인가!"

팽완도 감정을 주체하지 못하고 눈물을 보였다.

"한데 광평부라면 형님의 사위가 있는 곳이 아니더냐?"

"예, 당숙. 매부가 그곳의 부주로 있습니다."

팽가진이 애써 눈물을 감추며 대답했다.

"잘되었다. 그곳이라면 어느 정도 안심을 해도 되겠구나."

"예. 아무리 장군가라 해도 관부까지 함부로 건드리지는 못할 것입니다."

팽가진과 팽완은 말을 주고받으며 기쁨을 공유했다.

그때 격해졌던 감정을 조금 다스린 팽윤이 물었다.

"하온데 청풍 도장님께선 어디서 그 소식을 접하신 건지요? 저희도 아직 제대로 파악도, 확인도 하지 못하고 있는 상황인데……."

"그것이 중요한 것입니까?"

조금은 차가운 어조에 팽윤이 얼른 사과를 했다.

"아! 제 뜻은 그게 아니라……."

"괜찮습니다. 정확하게 말씀드리긴 조금 곤란하지만 제가 사부님 덕분에 개인적으로 연을 맺은 분들이 계십니다."

"마황성의 정보도 그런 식으로 얻으신 거군요."

팽윤은 유대웅이 마황성의 정보를 가지고 천무장을 의심했다 도리어 무안을 당했다는 것을 알고 있었다.

"예. 신랄하게 욕만 먹었지만 말이지요."

유대웅이 쓰게 웃었다.

"그렇지만 지금 소식은 확실한 것이니 믿어 주십시오."

"믿소이다. 아무렴요. 믿고말고요."

팽가진은 괜스레 의심을 한다는 듯 팽윤에게 눈을 부라렸다.

슬쩍 시선을 외면한 팽윤이 다시 질문을 던졌다.

"그런데 청풍 도장님께서 이곳을 찾으신 이유는 따로 있는 것 같습니다. 아닌가요?"

"맞습니다. 아, 오해는 하지 마십시오. 식솔들의 소식은 이곳으로 오기 직전에 전해들은 것이라 지금에서야 알려드리는 것입니다. 솔직히 애써 확인을 한 것이 아니라 정무맹에 머물고 있는 제자들의 소식을 확인하다 알게 된 것입니다."

"그랬군요. 너무 걱정하지 마십시오. 영영 소… 저께선 틀림없이 무사하실 겁니다."

화산파의 제자이나 속가였기 때문에 조금 애매하게 호칭을 했지만 어쨌든 사사천교와의 싸움에서 영영의 무공을 직접 본 팽윤은 유대웅만큼이나 그녀가 무사할 것이라 확신을 했다.

"고맙습니다."

가볍게 고개를 끄덕인 유대웅이 잠시 숨을 골랐다.

팽윤은 물론이고 팽가진과 팽완도 유대웅이 본론을 꺼내려 한다는 것을 눈치챘다.

"방금 전에도 언급했듯이 창룡각에 모였던 분들은 단지 마황성에서 얻은 정보라 하여 제 말을 무시했습니다."

"천무장에 대해 말씀하시는 겁니까?"

팽윤이 물었다.

유대웅이 고개를 끄덕이며 말을 이었다.

"그리고 방금 전 또 다른 정보가 제게 들어왔습니다. 각 문파들이 귀환하는 길목 곳곳에 수상한 움직임이 있다는 것이었습니다."

"서, 설마! 매복입니까?"

별다른 반응이 없는 팽가진, 팽완과는 다르게 곧바로 이해를 한 팽윤이 놀라 물었다.

"그렇게 예상하고 있습니다."

"장군가란 말이오?"

팽완이 물었다.

"천무장이기도 하지요."

"……."

확신에 찬 유대웅의 말에 세 사람은 아무런 말도 하지 못했다.

유대웅은 팽완의 눈가에 스치는 불신의 기색을 확인하곤

상당히 실망을 했다.

"믿지 않으시는군요. 여러분도 제가 천무장과 정도 문파를 이간질하는 사람으로 보이시는 겁니까?"

"아, 아니오."

팽완이 황급히 부인을 했다.

"상관없습니다. 어제 낮에 벌어진 일을 떠올리면 아무래도 믿기 힘든 일이니까요. 하지만 마황성에서 얻은 정보와 오늘 확인한 정보가 일치하는 것이 있다면 증거가 되지 않겠습니까?"

"그게 무엇입니까?"

잠시 생각에 잠겼던 팽윤이 물었다.

"마황성에선 어젯밤, 사사천교의 정예라고 알려졌음에도 천무장에서 활동하던 열화기 대원 몇을 쫓다가 그들이 창문산이라는 곳에 대거 숨어 있다는 것을 확인했습니다. 그리고 오늘 제게 정보를 준 쪽에서 언급한 장소 중 한곳이 창문산이었습니다."

"본가로 돌아가는 길목에 창문산이라는 야산이 하나 있습니다. 혹 그곳을 말씀하시는 겁니까?"

"가보지 못했으니 알지 못합니다. 아는 것은 그저 창문산이라는 이름뿐."

"그렇… 군요."

"하나 더. 아까 제가 이곳을 찾아온 이유를 물었습니까? 제게 정보를 준 사람이 말해주더군요. 팽가가 본가로 돌아가기 위해선 반드시 그 길을 이용할 것이라고요."

"아!"

팽윤의 입에서 비명과도 같은 신음이 터져 나왔다.

잠시나마 유대웅을 불신했던 팽완의 얼굴에 부끄러움이 묻어나왔다.

"노부가 실수를 한 것 같소. 본가를 위해 이리 신경을 써주고 있거늘."

"아닙니다. 무작정 믿기엔 상황이 너무 좋지 않으니까요. 솔직히 누가 아군인지 적군인지조차 판단하기가 쉽지 않습니다."

"본가가 어찌했으면 좋겠소?"

팽가진이 물었다.

"식솔들의 소식을 확인했으니 일단 팽가로 돌아가야 하지 않겠습니까?"

"물론이오."

"문제는 그 길이 몹시 위험하다는 거지요. 천무장은 절대로 그냥 보내지 않으려 할 겁니다."

"하북의 본가가 화를 당하면서 팽가의 힘은 과거에 비할 바가 아니오. 솔직히 어디서든 흔히 볼 수 있는 그저 그런 문파로 전락했다고 해도 과언이 아닐 터. 한데 저들이 굳이 마지막 남은 우리까지 공격을 하겠소? 그들의 입장에선 후환거리도 되지 않을 팽가를?"

팽가진이 자조의 웃음을 흘리며 물었다.

"물론입니다."

유대웅이 단호히 고개를 저었다.

"어째서 그렇게 생각하는 것이오?"

"팽가니까요. 하.북.팽.가! 그 이름이 사라진 것은 아닙니다."

짧은 말이었지만 가슴을 울리는 대답이었다.

"고맙… 소."

팽가진이 진심으로 고개를 숙였다.

"우리가 어찌하면 되겠습니까?"

팽윤이 물었다.

"창문산은 둘째치고 우선은 무사히 천무장을 빠져나가는 것이 중요합니다. 많은 문파가 천무장을 떠난 지금이라면 굳이 매복이 아니라 아예 이곳에서 우리를 공격할 수도 있는 상황이지요."

"그도 그렇군요."

팽윤이 심각성을 의식하며 무겁게 고개를 끄덕였다.

"일단은 최대한 빨리 천무장을 벗어난 뒤, 우리와 함께하기로 한 문파들과 곧바로 힘을 합쳐야 합니다. 그래야 놈들의 공격에서 보다 안전해질 수 있습니다."

"이미 함께하기로 한 곳이 있었군요."

"당가와 황하련이 뜻을 같이했습니다."

"아! 당가와 황하련이! 한데 당가는 몰라도 황하련은 조금 의외입니다."

팽윤이 궁금함을 감추지 않고 말했다.

"제가 아까 말한 것으로 기억합니다. 사부님 덕분에 이런저런 인연이 많다고."

유대웅이 웃음으로 말을 얼버무렸지만 세 사람은 별다른 말을 하진 않았다.

황하련이 끼어든 것이 다소 마땅치는 않았지만 장군가라는 거대한 적을 생각했을 때 이미 이것저것 따질 계제가 아니었기 때문이었다.

*        *        *

"우리가 마지막인가요?"

유대웅이 천무장 정문을 바라보며 물었다.

"예. 당가는 새벽에, 황하련과 팽가는 그보다 조금 늦게 정문을 나섰습니다."

덕진 도장이 옆으로 다가와 대답했다.

"약속 시간까지 도착을 하려면 조금 서둘러야 할 것 같습니다."

청우와 유대웅이 동시에 고개를 끄덕였다.

어차피 많은 인원이 온 것도 아니었고 짐도 거의 없었다.

정문에 도착을 하자 화산파 말고도 몇몇 문파가 천무장을 떠나고 있었는데 그들을 배웅하는 이는 다름 아닌 화산파 제자들을 처음 맞이해 주었던 이관이었다.

"아, 지금 돌아가시는 겁니까?"

화산파 일행을 본 이관이 반색을 하며 달려왔다.

"예. 아무래도 갈 길이 멀다 보니 조금 서둘렀습니다."

덕진 도장이 정중히 대답했다.

"그러시군요. 아쉽습니다. 잠시 후, 정오에 큰 행사가 있다고 하던데."

"행사요?"

"예. 무슨 행사인지는 잘 모르지만 꽤나 거창할 거라고 내원에 있는 친구가 귀띔을 해주었습니다."

"그렇군요. 그걸 알았다면 이리 서둘러 나서지는 않았을 텐데요."

"몇몇 분은 걸음을 조금 늦추겠다고도 하시더군요."

마치 큰일을 해낸 듯 뿌듯한 표정을 짓는 이관의 얼굴을 가만히 살피던 유대웅의 입꼬리가 살짝 치켜 올랐다.

그건 명백한 비웃음이었다.

"쯧쯧, 한심하기는. 겨우 빠져나온 호굴에 다시 머리를 들이미는 멍청한 짓을 한단 말인가?"

"예?"

이관이 영문을 모르겠다는 듯 되물었다.

"당신 얼굴이 참 좋아. 뻔히 무슨 말인지 알아들었으면서도 안색 하나 변하지 않는군. 확실히 정문을 책임질 만하겠어."

"무슨 말씀을 하시는 것인지 잘 모르겠습니다. 제가 행여 실수라도 하였는지요?"

이관이 더없이 정중한 태도로 물었다.

"그만하지. 어차피 여기 있는 사람들은 당신의, 아니, 천무장의 이면을 모두 알고 있는 사람들이야."

유대웅은 순간적으로 흔들리는 이관의 눈빛을 놓치지 않았다.

"마음 같아선 난동이라도 부리고 싶긴 하지만 그랬다만 쥐도 새도 모르게 당할 것 같으니 우린 이만 조용히 퇴장을 해주지. 그러니 당신도 그런 어설픈 웃음으로 우리를 기만하지 말라고. 자칫하다간 내 손이 나도 모르게 움직일 것 같으니까."

유대웅의 차가운 경고에 이관의 얼굴이 딱딱하게 굳었다.

"아무튼 잘 있으라고. 조만간 다시 본다면 아마도 전장에서 만나게 되려나?"

이관의 몸이 움찔거렸다.

"걱정하지 마. 이것도 인연이라고 전장에서 만난다 하더라도 한 번은 살려줄 테니까."

이관이 어찌 대처를 해야 할지 당황하고 있는 사이 유대웅이 그의 어깨를 가볍게 치고는 천천히 걸음을 옮겼다.

화산파 제자들이 그의 뒤를 따랐는데 유대웅이 이관에게 하는 말을 들은 것인지 누구 하나 입을 여는 사람이 없었다.

덕진 도장만이 묘한 웃음을 지으며 고개를 까딱일 뿐이었다.

정문을 벗어나 조금씩 멀어지는 유대웅 일행을 바라보던 이관의 몸이 사시나무 떨리듯 떨렸다.

갑자기 긴장감이 풀린 것인지 숨도 제대로 쉬기가 힘들었다.

"크, 큰일이다. 화산파가 우리의 일을 알고 있어. 다, 당장 알려야……."

당황하여 어쩔 줄 모르는 이관의 등을 가볍게 두드리는 사람이 있었다.

"괜찮다. 신경 쓰지 마라."

고개를 돌린 이관의 눈이 화등잔만 해졌다.

"자, 장주……."

이관은 말을 막기 위해 양손으로 입을 틀어 먹았다.

"화산파뿐만 아니라 마황성에서도 우리의 본 모습을 눈치 챘다. 다만 아무도 믿어주질 않을 뿐이지. 그리고 이제는 믿거나 말거나 상관도 없고. 정오가 되면 모든 것이 정리가 될 테니까."

화산파가 떠난다는 소리를 듣고 바로 움직였으나 결국 유대웅의 뒷모습밖에 보지 못했다.

"남기를 기대했는데. 결국 나중에 만나야 될 것 같군."

아쉬움을 달래기라도 하듯 한호는 만감이 교차하는 눈빛으로 정문에 걸린 현판을 한참이나 바라보다 몸을 돌렸다.


따뜻한 햇살이 내리쬐는 정오.

사람들이 정문으로 몰려들기 시작했다.

지난밤부터 오전까지 무수히 많은 문파와 사람들이 길을 떠났지만 천무장엔 여전히 많은 사람이 남아 있었다.

어림잡아도 천여 명에 이르는 사람.

정문 위에서 그들을 내려다보는 한호의 입가에 진한 살소가 걸렸다.

"제법 많은 사람이 남아 있었군요."

"모두 죽일 생각이십니까?"

소숙이 조심히 물었다.

"설마요. 반항을 하지 않는다면 굳이 피를 볼 생각은 없습니다."

안심을 한 소숙이 밝은 표정으로 말했다.

"그럼 시작할까요?"

*　　*　　*

회룡(回龍)이라는 작은 도시의 외곽에 위치한 관제묘.

자신들의 뒤를 밟는 잠혼 요원들을 조용히 잠재운 화산파가 그 관제묘에 도착한 것은 미시(未時 오후1—3시)가 조금 지나서였다.

회룡이라는 곳이 정무맹에서의 거리가 결코 가깝지 않다는 것을 생각하면 그야말로 엄청난 강행군이 아닐 수 없었으니 화산파보다 거의 두 시진이나 먼저 출발한 당가가 반 시진 전에 도착을 할 정도였다.

"오셨습니까?"

화산파가 도착을 했다는 말을 듣고 관제묘에서 나온 팽윤이 먼지가 뽀얗게 내려앉은 옷가지를 털고 있는 유대웅을 보며 예를 차렸다.

"예, 조금 늦었군요."

"아닙니다. 정확히 도착하셨습니다."

"다른 분들은 어디에 계십니까?"

"안쪽에서 기다리고 계십니다."

팽윤이 걸음을 옮기자 유대웅과 청우, 원진 도장이 그 뒤를 따랐다.

나머지 화산파 제자들은 팽가와 당가, 황하련의 무인들이 그런 것처럼 관제묘 주변으로 흩어져 휴식을 취했다.

유대웅 일행이 관제묘 안으로 들어서자 초조하게 유대웅을 기다리던 이들이 반색을 하며 맞아주었다.

"이 늙은이는 네가 천무장 놈들에게 발목이 잡힌 줄 알았다."

당곤이 따뜻한 눈빛과는 반대로 툴툴거리며 말했다.

당곤에 이어 다들 한마디씩을 건네며 화산파가 무사히 도착한 것을 기뻐했다.

그러나 유대웅을 가장 많이 겪어 본 백천이 어딘지 모르게 차가운 그의 눈빛을 보며 뭔지 모를 불안감을 느꼈다. 그러고 보니 유대웅뿐만 아니라 청우와 원진 도장의 안색도 과히 좋지 않았다.

결국 참지 못하고 조심스레 물었다.

"무사하셔서 다행입니다. 그런데 혹여 무슨 일이라고 있는 것입니까?"

길게 한숨을 내뱉은 유대웅이 안타까움을 감추지 못한 채 고개를 끄덕였다.

"천무장이 마침내 발톱을 드러냈습니다."

모든 이의 표정이 그대로 굳었다.

"발톱이라면 장군가임이 드러났다는 말입니까?"

팽윤이 물었다.

"예. 엄밀히 말하면 드러난 것이 아니라 스스로 드러낸 것이라고 할 수 있겠군요."

"스스로 드러냈단 말이오?"

당승의 말에 청우가 분노가 가시지 않은 얼굴로 대답했다.

"자신들이 장군가임을 당당하게 선언했다고 합니다."

"허!"

"죽일 놈들!"

팽가진의 입에서 욕설이 튀어나왔다.

"천무장을 나오실 때 정오 무렵에 행사가 있다는 말씀을 들으셨습니까?"

"들었소."

백서진을 비롯한 모든 이가 고개를 끄덕였다.

"놀랍게도 그 행사라는 것이 자신들의 정체를 만천하에 알리는 자리였다고 하더군요. 그리곤 정문위의 편액을 갈았습니다. 정문위에 새롭게 걸린 이름이……."

다들 분노로 일그러진 얼굴로 유대웅의 다음 말을 기다렸다.

"천추세가(千秋世家)라더군요. 바로 장군가의 진짜 이름입니다."

꽝!

흥분을 참지 못한 팽완의 주먹에 어른 허리통만 한 굵기의 기둥이 박살이 나버렸다.

그것으로도 화가 풀리지 않는지 팽완은 바닥에 떨어진 기둥을 아예 가루로 만들어버린 다음에야 겨우 이성을 되찾았다.

그 모습을 지켜보던 이들 중 누구도 그를 말리지 않았다.

소란에 화를 내는 사람도 없었다.

팽가가 장군가, 아니, 천추세가에 당한 아픔을 이해하기 때문이었다.

"남은 사람들은 어찌 되었습니까? 저들이 저토록 노골적으로 나왔다면 그들 또한 무사하지는 못했을 텐데요."

백천의 말에 다들 고개를 끄덕였다.

"처음엔 몇몇 문파가 극렬하게 저항을 했다고 합니다만 천추세가의 무인들에게 처참하게 살해당한 후, 아무도 대항을 하지 못했다고 하더군요. 그리고 모조리 포로가 되어 천추세가 안으로 끌려들어 갔다고 하는데 이후엔 어찌 되었는지 알 수가 없었습니다. 그 수가 수백이 넘습니다."

"그렇… 군요."

백천은 자신도 모르게 침을 꿀꺽 삼키고 말았다.

이후, 한참 동안 아무도 입을 열지 않았고 관제묘엔 짙은 침묵이 찾아들었다.

"언제까지 이러고 있을 건가?"

당곤이 못마땅한 표정으로 입을 열었다.

"천추세가인지 지랄인지 하는 놈들이 본격적으로 이빨을 내밀었다면 뭔가 계획을 세워야 하지 않아? 다행히 놈들의 소굴에서 빠져나오긴 했다지만 위험이 끝난 것도 아니고."

팽완이 고개를 끄덕였다.

"어쩌면 지금부터가 시작이라 할 수 있지요. 곳곳에 매복하고 있는 놈들이 아무것도 모른 채 귀환하는 이들을 공격할 것입니다."

"무엇보다 심각한 문제는 바로 정무맹 총단을 수복하겠다고 움직인 이들입니다. 천추세가가 모든 일의 원흉인지도 모르고 그들의 지원군을 이끌고 천추세가를 공격하겠다고 움직인 셈이니."

팽윤의 말에 다들 할 말을 잃었다.

"구해야 하지 않을까?"

당곤이 유대웅을 보며 물었다.

어쩌면 현 상황에서 가장 마음이 급한 사람은 당가의 사람들이었다.

멸문에 가까운 피해를 본 팽가는 정무맹에 속해 있던 이들을 모두 불러들였고 황화련은 애당초 정무맹과 상관이 없었다. 오직 당가의 식솔들만이 정무맹주를 따라 움직이고 있는 것이다.

그렇다고 당장 구하러 가자고 주장할 수도 없었다.

천추세가의 마수에서 겨우 빠져나온 지금 그것이 얼마나 위험한 일인지 알고 있기 때문이었다. 게다가 그들과 벌어진 거리가 너무 멀었다.

"어쩌면 이미 지금 공격을 받고 있을지도 모르겠군요."

팽윤의 말에 당가 수뇌들의 안색이 확 변했다.

"자업자득입니다. 제 말에 조금만 더 귀를 기울였다면 이런 일은 없었을 겁니다."

유대웅의 목소리는 차가웠다.

팽가와 당가 수뇌들이 얼굴을 붉히며 고개를 떨구고 자신들과는 전혀 상관없는 얘기지만 괜한 민망함에 황하련 사람들마저도 슬며시 고개를 돌렸다.

"이미 지나간 일이다. 다시 거론할 필요는 없어."

청우가 유대웅의 분노를 가라앉혔다.

"그리고 이분들이 무슨 잘못이 있을까? 괜한 분들에게 화풀이 하지 말고 우리들만이라도 대책을 논의하는 것이 좋을 것 같다."

　"……."

　유대웅이 대답을 하지 않자 청우가 그의 얼굴을 빤히 바라보았다.

　"사형의 말이 틀린 거냐?"

　잠시 머뭇거리던 유대웅이 고개를 흔들었다.

　마음의 결정을 내린 것인지 언제 화를 냈느냐는 듯 밝은 표정으로 입을 열었다.

　"아니요. 사형의 말씀이 옳습니다. 따지고 보면 본문이 이리 된 것도 모두 천추세가의 음모 때문이 아닙니까? 그런 놈들을 그냥 둘 수는 없지요."

　"그럴 줄 알았다."

　청우가 유대웅의 커다란 등짝을 힘껏 내려쳤다.

　"그래야 내 사제지."

第二十八章
예상치 못한 변수(變數)

"멈춰라!"

능위의 외침에 맹렬한 기세로 달리던 이들이 일제히 걸음을 멈췄다.

"무슨 일이신지⋯⋯."

혈영노괴가 달려와 능위의 눈치를 살폈다.

"아무래도 손님이 또 온 것 같다."

능위의 말에 혈영노괴의 얼굴이 팍 구겨졌다.

지난 새벽부터 지금까지 벌써 아홉 차례가 넘는 암습을 당했다.

어이없는 것은 그 가운데 목숨을 위협받을 정도로 위력적인 암습이 단 한 번도 없었다는 것이다.

심지어 목표가 혈사림주인지도 모르고 달려드는 멍청한 놈들도 있었다.

"이번에는 기대를 충족시켜 줬으면 좋겠는데 말이야."

능위가 살기가 극에 이른 눈빛으로 주변을 쓸어 보았다.

"기대는 되는데 과연 어떨지 모르겠단 말이지!"

다짜고짜 검을 휘두르는 능위.

검에서 붉은 기운이 치솟더니 전방 숲을 향해 부챗살 모양으로 퍼져 나갔다.

"이크!"

숲에 숨어 능위를 지켜보던 노인은 갑작스레 들이닥친 검기에 기겁을 하며 몸을 틀었다.

차스스슷!

수풀과 나뭇가지들이 날카롭게 잘려 나가고 노인의 머리카락도 우수수 떨어졌다.

"자, 잠시만 기다… 망할!"

숲에서 뛰쳐나온 노인이 양손을 흔들며 뭐라 얘기를 하려는 찰나 능위의 공격이 다시 들이닥쳤다.

피할 수 없다고 판단한 노인이 즉시 검을 들어 공격을 막았다.

위력이 어찌나 강맹한지 남궁욱은 어쩔 수 없이 검을 꺼내어 공격을 막았다.

꽝!

격렬한 충돌음과 함께 노인이 연신 뒷걸음질 쳤다.

그것을 보는 혈영노괴의 눈은 찢어질 듯 커져 있었다.

노인의 움직임이 단순히 힘을 감당하지 못해 밀려나는 것이 아니라 충격을 부드럽게 흘리기 위해 일부러 뒷걸음질을 치는 것임을 알았기 때문이었다.

"이번은 확실히 다르군."

노인의 실력에 만족을 한 것인지 칭찬 비슷한 말을 내뱉은 능위가 재차 몸을 날렸다.

손에 들렸던 검은 이미 사라지고 없었다.

대신 검보다 더욱 날카롭고 강맹하며 위력적인 마라혈강수의 절초가 노인에게 몰아쳐 갔다.

작심을 한듯 능위의 전신에서 뿜어져 나오는 혈기는 더욱 강력해지고 그럴수록 맹렬하게 노인을 몰아치고 있는 마라혈강수의 위력이 빛을 발했다.

"우웩!"

결국 공세를 견디지 못한 노인이 피를 한 사발이나 토하며 한쪽 무릎을 꿇었다.

공격을 멈춘 능위가 코웃음을 치며 말했다.

"뒈지기 전에 가진 재주를 모조리 쏟아내는 것이 좋을 거야."

"그렇잖아도 그러려고 한다."

차가워진 눈빛으로 검을 거둔 노인이 허리춤으로 손을 가져가려 할 때였다.

"잠시만."

둘의 대결은 갑작스레 등장한 혈영노괴로 인해 멈춰지고 말았다.

"역시 내 눈이 틀리지 않았군. 이거 오랜만이오, 사천무제(四川武帝)."

"사천무제? 사천무제라면 당가의……."

깜짝 놀란 능위가 혈영노괴에게 고개를 돌렸다.

"그렇습니다. 전대 당가의 가주 당성 바로 그입니다."

자신의 신분을 확인했다는 것을 안 당성이 허리춤에서 꺼낸 물건을 손바닥 위에 장난처럼 올려놓고는 혈영노괴를 쏘아보았다.

"싸움을 멈추려면 진즉에 멈추든가, 아니면 조금 후에 멈췄어야지. 최소한 빚을 갚을 시간은 줘야 하는 거 아냐?"

"미, 미안하게 됐소."

혈영노괴가 자신도 모르게 사과를 했다.

그런 혈영노괴의 모습에 능위는 믿지 못하겠다는 표정이

었다.

그가 아는 혈영노괴는 자신에 대한 충성심은 남달라도 남에게 있어선 피도 눈물도 없는 인물이었고 오만하기가 하늘을 찔렀다.

그런데 당성의 앞에서 어딘지 모르게 주눅이 들어 있는 것이 아닌가.

"어떻게 빚을 갚겠다는 것이지?"

능위가 가소롭다는 듯 물었다.

사천무제라는 별호답게 당성이 결코 만만치 않은 사람이라는 것은 느낌으로 알 수 있었지만 그 정도로는 자신의 상대가 될 수 없다고 판단했다.

"궁금하다니 할 수 없지."

피식 웃은 당성이 손바닥 위에 놓여 있던 물건을 돌멩이 던지듯 툭 던졌다.

능위는 뭔가 수작이 있으리라 생각을 했지만 신경 쓰지 않았다.

하지만 그것이 무엇인지 정확히 알고 있는 혈영노괴의 얼굴이 파랗게 질렸다.

"피하십시오!"

혈영노괴의 경고가 끝나기도 전 당성의 손을 떠난 물건이 능위의 바로 앞에서 터졌다.

당가가 자랑하는 십대암기 중에서 당당히 서열 이 위를 차지하는 화우폭이었다.

워낙 만들기가 까다로워 당가에서도 몇 개 남지 않았다는 화우폭이 터지며 눈에 잘 보이지 않을 정도로 작은 수백 개의 자령옥침이 능위의 전신을 덮쳐 갔다.

능위의 위기에 최강의 호신강기 혈강환이 저절로 일어나 몸을 보호했다.

보통의 암기라면 혈강환을 뚫지 못하고 힘없이 튕겨져 나가거나 아예 소멸이 되었겠지만 호신강기를 전문으로 파괴하는 자령옥침은 튕겨져 나가지도, 소멸되지도 않고 혈강환을 뚫기 위해 애를 썼다.

비록 대다수가 뜻을 이루지 못하고 결국 튕겨져 나왔지만 그중 몇 개는 기어이 능위의 몸에 상처를 냈다.

"아, 안 돼!"

자령옥침에 맞은 능위의 몸이 살짝 떨리는 것을 본 혈영노괴가 놀라 부르짖었다.

암기도 암기지만 무림인들이 은영중 당가를 경원시하면서도 두려워하는 이유는 다름 아닌 독.

더구나 자령옥침에는 당가에서도 금기로 하는 극독이 발라져 있다고 알려졌다.

"쓸데없는 걱정하지 마라, 노괴. 본좌의 몸이 만독불침이라는 것을 모르나?"

능위가 자존심 상하는 얼굴로 소리쳤다.

"만독불침? 놀랍군. 당가의, 그것도 전대 가주씩이나 되는 사람 앞에서 만독불침 운운하다니."

당성이 다시금 품속을 뒤지자 혈영노괴가 능위의 앞을 가로막았다.

당성이 입가에 미소를 띠며 말했다.

"쓸데없는 생각하지 마라. 광오한 태도가 마음에 들어 해독을 시켜주려는 것이니까."

혈영노괴가 뭐라 반응을 하기도 전에 당성의 손을 떠난 가루가 능위에게 날아갔다.

기겁을 하는 혈영노괴와는 달리 능위는 아예 피할 생각을 하지 않고 여전히 오만한 자세로 당성을 바라볼 뿐이었다.

"역시 대단해. 어째서 피하지 않는 것이지? 극독일 수도 있는데."

"최소한 사천무제라고 불리는 자가 대놓고 사기를 치지는 않을 테니까. 그리고 말했다. 만독불침이라고."

능위가 당당히 대꾸했다.

하지만 스스로 만독불침이라 자부했던 그는 사실 조금씩 몸을 잠식해 들어오던 독기에 약간 당황한 상태였다.

목숨을 잃을 정도는 아니라고 여겨졌지만 그래도 당성 정도의 고수와의 싸움이라면 큰 문제를 일으킬 수 있었다. 그렇다고 약한 모습을 보일 수는 더욱 없었다.

능위의 대답에 잠깐 눈살을 찌푸렸던 당성이 이내 미소를 지으며 말했다.

"지금은 참기로 하지. 언제가 꼭 시험을 해보고 싶군. 정말 만독불침의 몸이 존재하는지 말이야."

"마음대로."

능위는 당성이 뿌려준 가루에 몸속으로 침투하던 독기가 깨끗이 사라지는 것을 느끼며 크게 심호흡을 했다.

"피를 한 사발이나 토한 노부가 다소 손해인 것 같지만 이 정도로 빚은 갚은 것으로 하지. 그런데 무슨 생각으로 그렇게 다짜고짜 공격을 한 것이지?"

당성이 물었다.

"그건 우리가 묻고 싶은 말이오. 어째서 우리를 공격한 것이오?"

"공격? 누가? 노부가?"

어이없어 하는 당성의 말에 혈영노괴가 오히려 당황을 했다.

"하면 지금껏 우리를 공격한 놈들과 상관이 없다는 말이오?"

"노부를 너무 무시하는군, 노괴. 노부가 고작 암습 따위나

할 인물로 보이나?"

당성의 눈빛이 매서워지자 혈영노괴가 움찔하여 물러났다.

그런 혈영노괴를 보며 한숨을 내쉰 능위가 대신 나섰다.

"그게 아니면 어째서 이곳에 숨어 있었던 것이지?"

"딱히 숨었다기보다는 그냥 피했다는 것이 맞겠지. 살기를 잔뜩 드리우고 우르르 몰려오는 자들과 굳이 엮이고 싶은 마음이 없었으니까. 갈 길도 바쁜 상황에서. 아, 말이 나온 김에 하나만 묻지."

"무엇이오?"

"천무장의 상황이 도대체 어떻게 돌아가고 있는 거야?"

"갈 길이 바쁘다더니 천무장으로 가려는 것이오?"

혈영노괴의 물음에 당성이 고개를 끄덕였다.

"생각보다 상황이 심각하오."

"음."

당성의 얼굴에서 유난히 눈에 띄는 녹미(綠眉)가 힘차게 꿈틀거렸다.

"현재까지의 정보대로라면 정무맹주가 군웅들과 천무장의 지원을 바탕으로 정무맹 총단을 수복하기 위해 이동하고 있다고 들었소."

"본가도 따라간 것인가?"

"그렇지는 않소. 군소문파들이 제법 힘을 실어주고 있는 모양이지만 무당이나 남궁세가 등 정무맹의 주요 세력들은 우선 각자의 문파로 돌아간다고 하오. 소림이나 개방, 팽가가 우선적인 목표가 되었으니 아무래도 불안하겠지."

"혈사림도 목표가 된 모양이던데. 쯧쯧, 이렇게 급히 달려가는 것을 보니 상황이 좋지 않은 모양이야."

당성의 말에 자존심이 상한 것인지 능위의 눈동자에 혈광이 어렸다.

괜시리 능위의 심사만 건드려 봐야 좋을 것이 없다고 생각한 당성이 얼른 입을 다물었다.

사실 내색은 하지 않았지만 당성은 능위의 실력에 상당히 충격을 받은 상태였다.

화우폭에 그렇게 가까운 거리에서, 그것도 거의 무방비로 노출이 되었으면서도 멀쩡할 수 있다는 것 자체가 어이없는 일이었다. 특히 만독불침이라 해도 과언이 아닐 정도로 독에 대한 내성이 대단했다.

'만약 정식으로 싸운다면?'

자신이 없었다.

당가의 십대암기를 모조리 동원을 한다면 모를까, 아니, 모두 사용을 한다고 하더라도 과연 이길 수 있을지 의문이었다. 그만큼 능위의 실력은 대단한 것이었다.

"어쨌건 고맙군. 천무장으로 가는 길에 이것저것 알아보려고 해도 제대로 아는 사람이 있어야지. 아, 그 보답으로 나도 정보 하나를 알려주지."

"무엇이오?"

"무슨 이유인지 이제 알게 되었지만 이쪽으로 별별 쓰레기들이 다 몰려들고 있더군."

"그까짓 쓰레기들 따위……."

"그중에 소면살왕(笑面殺王)이 있다."

소면살왕이란 한마디에 코웃음 치던 혈영노괴 몸이 그대로 굳었다. 능위 역시 상당히 놀라는 눈치였다.

소면살왕 조악(趙岳).

무림십강 중 한 명이자 정무맹에서 무림 공적으로 선언한 최악의 살인마가 바로 그였다.

"조심하는 것이 좋을 거야. 림주가 강하다는 것은 인정을 하지만 그자 역시 강하다."

"기분 나쁘군. 지금 소면살왕 따위를 본좌에 비교하는 건가?"

"허허허허! 역시 대단한 자신감. 천하에 누가 있어 소면살왕을 따위라 칭할 수 있을까?"

당성이 크게 웃음을 터뜨렸다.

"혈사림주와 소면살왕의 싸움이라. 본가의 일만 아니라면 꼭 보고 싶은 싸움인데."

혈영노괴는 입을 굳게 다물고 머뭇거리는 당성을 보며 그가 정말로 갈등하고 있다는 것을 알 수 있었다.

"그래도 어쩔 수 없지. 싸움 구경이나 하자고 가문을 저버릴 순 없으니 말이야."

결정을 내렸는지 당성이 몸을 빙글 돌렸다.

"무운을 빌지. 기왕이면 멋지게 꺾어버리라고."

그 한마디를 남긴 당성이 천무장을 향해 바람처럼 내달리기 시작했다.

그런 당성의 뒷모습을 보며 능위가 말했다.

"본좌도 아쉽군. 혈사림의 일만 아니라면 제대로 싸워보고 싶은 상대인데 말이야."

\*       \*       \*

쉬이이익!

날카로운 파공성과 신호탄이 하늘로 솟구쳤다.

난데없는 신호탄에 신도세가와 천왕문의 무인들이 웅성거리기 시작했다.

주변을 둘러봐도 누가 신호탄을 쏜 것인지 확인되지 않았다.

"모두들 조심해라."

신도세가의 가주 신도중(申屠重)이 동요하는 세가의 무인들을 달랬다.

"뭔가 불안합니다, 가주."

해왕문의 대장로 유감(兪弇)이 잔뜩 굳은 얼굴로 달려왔다.

신도중이 긴장된 표정으로 고개를 끄덕였다.

뭔가 조짐이 좋지 않았다.

"무슨 큰일이야 있겠소만은 그래도 조심하는……."

말이 끝나기도 전에 화살이 날아들었다.

화살은 잔뜩 움츠린 신도세가와 천왕문의 무인들을 지나 주변 곳곳에 떨어지기 시작했다.

그런데 화살이 떨어지는 것과 동시에 거대한 폭발음이 들려왔다. 그리고 폭발이 있던 곳에서 희뿌연 연기가 스멀스멀 피어오르기 시작하더니 이내 온 주변을 뿌옇게 덮어버렸다.

"이 무슨……."

인위적으로 생긴 안개에 당황한 유감이 당황하여 어쩔 줄을 몰라 할 때 신도중이 소매로 입을 틀어막으며 소리쳤다.

"독이 있을 수 있다. 최대한 호흡을 자제하고 적의 공격에 대비해라. 창청아!"

"예, 아버님."

신도창청(申屠昌青)이 후미에서 달려왔다.

"네가 아이들을 이끌고 전방을 뚫어라. 신속히 빠져나가지 못하면 위험할 수 있다."

"알겠습니다."

하지만 쉽게 움직일 수도 없었다.

순식간에 주변을 잠식한 안개를 뚫고 무수한 화살이 날아들기 시작한 것이다.

"으악!"

"커흑!"

곳곳에서 비명 소리가 터져 나오기 시작했다.

화살뿐만이 아니었다.

그들이 딛고 있는 바닥 곳곳에 온갖 암기가 깔려 있었다.

독이 발라져 있는 것인지 암기를 밟은 이들 모두가 고통으로 몸부림치며 부들부들 떨다가 숨이 끊어졌다.

신도세가와 천왕문의 문도들을 더욱 공포스럽게 만든 것은 그렇게 쓰러진 동료들의 시신조차 제대로 확인할 수 없다는 것에 있었다.

공포심은 이내 이성을 잃게 만들었고 그들 모두를 극도의 혼란에 빠뜨렸다.

삽시간에 십여 명이 넘는 인원이 허망하게 쓰러졌다.

"모두 정신들 차려라. 우왕좌왕하지 말고 날아오는 화살에 대비해. 바닥에 암기가 깔려 있다. 시야를 확보하기 전까진 움직여선 안 된다."

신도중이 마구잡이로 날아드는 화살을 정확하게 쳐 내며 소리쳤으나 제대로 통제가 되지 않았다.

그나마 다행이라면 온 세상을 뒤덮었던 연기가 조금씩 물러난다는 것과 몇몇 인원을 데리고 기어이 안개를 뚫고 나간 신도창청의 활약 덕분인지 날아드는 화살의 수가 다소 줄었다는 것이다.

"감히 어떤 놈들이!"

신도중은 점점 희미해지는 연기를 보며 이를 부득 갈았다.

연기가 걷히기만 하며 눈에 띄는 적들을 모조리 도륙 내 버리라 다짐하고 또 다짐했다. 그러나 그사이에도 식솔들의 수는 줄어들고 있었다.

"아, 안 되겠습니다, 가주. 일단 뒤로 물러나는 것이 좋겠습니다."

한쪽 팔에 화살을 맞은 유감이 하얗게 질린 얼굴로 소리쳤다.

"움직일 상황이 아니오."

"이대로 있다간 다 죽습니다. 빨리 퇴각해야 합니다."

유감이 미친 듯이 소리를 질렀다.

그런 유감의 행동에 신도중의 얼굴이 차갑게 일그러졌다.

명색이 대장로라는 작자가 상황 파악을 전혀 하지 못하는

데다가 겁에 질린 모양새가 한심하기 짝이 없었다.

마음 같아선 그 자리에서 목을 쳐 버리고 싶을 정도였다.

"연기가 사라지고 있습니다!"

"안개가 사라진다!"

누군가의 입에서 환호성과 같은 외침이 터져 나왔다.

이를 질끈 깨문 신도중이 앞으로 달려나가며 소리쳤다.

"전진하랏!"


"연기가 사라지고 있습니다."

녹광의 말에 연기를 뚫고 나온 신도창청이 싸우는 모습을 물끄러미 바라보던 공풍룡이 신도창청을 가리키며 말했다.

"사지(死地)를 뚫고 나오는 이들에게 기념으로 저자의 목을 선물하도록 하는 것이 어떨까?"

"좋은 생각입니다."

녹광은 대답과 함께 곧바로 움직이기 시작했다.

단숨에 전장에 도착한 녹광이 말했다.

"뒤로 물러나라."

신도창청을 몰아붙이고 있던 수하들을 물린 녹광이 힘겹게 숨을 몰아쉬고 있는 신도창청을 향해 검을 뽑았다.

"기주께서 네놈의 목을 원하신다."

"개소리! 할 수 있으면 해봐!"

신도창청이 악을 쓰듯 외쳤다.

"죽어랏!"

신도창청의 곁에 있던 사내 하나가 죽음을 무릅쓰고 달려들었다.

녹광의 입가에 미소가 지어지는 순간, 사내의 몸이 그대로 양단되었다.

신도창청은 머리부터 발끝까지 양단된 수하의 시신을 보며 입술을 꽉 깨물었다.

"네놈들은 누구냐? 대체 우리와 무슨 이유로 본가를 공격하는 것이냐?"

신도창청의 물음에 녹광이 차갑게 웃었다.

"병신 같군. 그걸 꼭 말로 해줘야 안단 말이냐?"

퍼뜩 떠오르는 것이 있었다.

"자, 장군가? 장군가냐?"

"아마도."

싸늘히 빛나는 녹광의 눈빛을 마주한 신도창청이 자신도 모르게 한 걸음 물러났다.

그의 눈에 어린 살기에 기가 잠시나마 두려움을 느낀 것이다.

그러나 자신을 대신해 목숨을 잃은 수하의 주검을 본 신도창청은 자신이 얼마나 어처구니없는 행동을 했는지 깨달았다.

"타핫!"

신도창청이 방금 전의 부끄러움을 잊고자 힘찬 기합성과 함께 몸을 날렸다.

녹광은 피할 생각도 하지 않고 자신의 머리 위로 내리꽂히는 칼과 정면으로 맞섰다.

신도창청이 전력을 다해 휘두른 칼에는 무시무시한 기운이 담겨 있었다. 그러나 녹광이 휘두른 검은 그런 신도창청의 칼을 단숨에 튕겨 버리고 그것도 부족해 한쪽 팔마저 날려 버렸다.

힘이 이동한 방향에 따라 몸을 회전시킨 녹광의 검이 다시금 움직이고 팔을 잃고 비틀거리는 신도창청의 옆구리를 파고들었다.

절체절명의 순간, 신도창청이 역으로 칼을 잡고 공격에 대비했지만 그의 칼날을 타고 교묘하게 이동한 검이 남은 한쪽 팔마저 잘라 버렸다.

"으아아악!"

처절한 비명이 연기와 함께 허공으로 퍼져 나가고 비명 소리가 듣기 싫었는지 잔뜩 인상을 찌푸린 녹광이 신도창청의 목을 날려 버렸다.

힘없이 날아간 신도창청의 목이 때마침 연기를 뚫고 나타난 신도중의 발아래로 굴러 떨어졌다.

툭.

발에 차이는 아들의 수급.

신도중이 부릅뜬 눈으로 아들의 머리를 부둥켜안았다.

"아아아아아!"

신도중의 처절한 울부짖음이 천지를 뒤흔들었다.

녹광이 한마디를 툭 던졌다.

"언제까지 기다려야 하지?"

신도중이 고개를 돌렸다.

천천히 아들의 검을 움켜쥐는 신도중의 눈에서 피눈물이
흘러내리고 있었다.

"절대로 용서치 않는다."

신도중의 분노 어린 외침에 공풍룡이 다가오며 말했다.

"용서는 강한 자만이 할 수 있는 것이라오. 그런데 내가 보
기엔 가주는 그런 말을 할 자격까지는 없는 것 같소."

신도중은 공풍룡의 비웃음에도 아무런 대꾸를 하지 않았
다.

분노로 인해 뜨겁게 타오르는 심장과는 별도로 머리는 차
갑게 식은 상태였다.

그는 눈앞의 상대가 결코 만만치 않음을, 자칫하면 복수는
커녕 자신은 물론이고 남은 이들마저 모조리 목숨을 잃을 수
있다는 생각을 했다.

"선공은 양보해 주는 것으로 알겠소이다."

공풍룡이 어깨에 비스듬히 걸치고 있던 창을 신도중에게 겨누며 말했다.

공풍룡이 천천히 창을 찔러왔다.

그다지 위협적이지도 빠르지 않았다.

공풍룡의 공격은 마치 검을 쥔 사람들이 비무를 할 때 동자배불(童子拜佛)이란 초식을 사용하여 서로에게 예를 표하는 것과 비슷했다.

하지만 그런 공풍룡의 행위는 아들의 죽음을 목도한 신도중에겐 그저 조롱인, 그야말로 최악의 모욕이었다.

"이놈!"

단숨에 거리를 좁힌 신도중의 공격이 무섭게 몰아쳤다.

섬결십이도라는 이름답게 번개처럼 빠른 칼이 연속적으로 열두 번의 변화를 거치며 공풍룡의 목숨을 노렸다.

그 기세를 감당하지 못한 공풍룡이 연신 뒤로 밀리다가 가볍게 도약을 했다.

쉬쉬쉭!

뒤로 움직이는 몸과는 달리 긴 창이 매섭게 날아들었다.

갑작스런 반격에 당황한 신도중이 재빨리 몸을 틀었다.

팍! 팍! 팍!

날카로운 창날이 신도중의 몸을 스치듯 지나가며 땅바닥

에 깊은 상흔을 만들었다.

실낱같은 차이로 목표를 놓쳤지만 그 반격으로 인해 공격의 주도권을 찾아올 수 있었다.

창을 움켜쥐고 있는 공풍룡의 전신에서 찬바람이 불었다.

신도중의 움직임을 살피는 두 눈은 매의 눈처럼 날카로웠고, 손에 쥔 장창은 맹수와 이빨과도 같았다.

공풍룡이 한 걸음 앞으로 내딛었다.

상당한 압박을 받았는지 신도중이 자신도 모르게 한 걸음 물러났다.

그러나 공풍룡에게 거리는 이미 문제가 되지 않았다.

공풍룡의 몸이 엿가락처럼 늘어난다 싶더니 창날이 아랫배로 짓쳐 들었다.

신도중은 당황하지 않았다.

엄청난 속도로 날아드는 창날을 노려보다 가만히 칼을 움직였다. 정면으로 맞대응하는 것이 아니라 창날의 방향만을 슬쩍 바꾼 다음 공풍룡의 품 안으로 파고들었다.

신도중은 이번 한 번의 공격으로 모든 것을 끝내려 하였다.

그리고 성공을 확신했다.

하지만 흘려버렸다고 여긴 창날이 교묘하게 방향을 틀며 다리 아래쪽에서부터 위로 쳐올리는 것을 확인하며 정작 함정에 빠진 것은 상대가 아니라 자신이라는 것을 깨달았다.

그 즉시 공격을 멈춘 신도중이 튕기듯 후퇴를 했다.

그런데 생각만큼 몸이 움직이질 않았다.

공풍룡의 창에 옷자락이 휘말렸었다는 것을 깨달았을 땐 섬뜩한 기운을 품은 창날이 이미 몸을 파고들었다.

"커흑!"

왼쪽 어깨에서 밀려드는 고통에 입이 쩍 벌어졌다.

그게 시작이었다.

어깨의 고통이 끝나기도 전에 반대편 어깨에서, 가슴에서, 아랫배에서, 허벅지에서 미친 듯이 고통이 밀려들었다.

고작 숨을 한 번 들이마실 시간에 공풍룡은 신도중의 몸에 아홉 개의 상처를 만들어냈다. 하나같이 치명상을 피했지만 더없이 고통을 줄 수 있는 곳이었다.

창을 거둔 공풍룡이 겨우 숨만 쉬고 있는 신도중을 향해 정중히 포권을 했다.

"좋은 승부였소. 선물로 저들의 최후를 볼 수 있는 시간을 드리겠소."

"으으으으!"

신도중의 눈이 찢어질 듯 부릅떠졌다.

그것이 고통으로 인한 것이 아님을, 참을 수 없는 모욕과 분노에 기인하는 것임을 아는지 모르는지 공풍룡은 신도중의 옆에 있는 바위에 걸터앉으며 태연한 음성으로 명을 내렸다.

"가주께선 시간이 얼마 없다. 먼 길 가시는데 식솔들이 먼저 길을 닦아놔야 하잖아."

그 말을 신호로 조금은 여유롭게 공격을 펼치던 이들이 실로 매섭게 신도세가와 천왕문의 생존자들을 몰아붙였다.

바로 그때였다.

느긋하게 싸움을 지켜보던 공풍룡의 귓가로 싸늘한 음성이 들려왔다.

"사사천교의 잔당 중에 장군가의 그늘로 숨어든 쥐새끼가 있다고 들었다. 그 잔당의 우두머리가 제법 창을 잘 쓴다고 하더군. 그런데 이런 더러운 취미까지 있는 줄은 몰랐다."

공풍룡이 천천히 몸을 돌렸다.

그의 눈에 거대한 몸짓의 사내가 들어왔다.

흙먼지를 잔뜩 뒤집어 쓴 유대웅이었다.

"빙천기. 그 잔당들을 그렇게 칭했다고 하더군. 맞나?"

"당신은 누구요?"

공풍룡이 정중히 물었다.

"몰라도 된다."

가볍게 공풍룡을 무시한 유대웅이 신도중에게 다가갔다.

"제가 누군지 아시겠습니까?"

신도중이 간신히 고개를 끄덕였다.

"그럼 버티십시오. 잠깐이면 됩니다."

"끄끄끄."

알아듣지도 못할 말을 내뱉는 신도중의 눈에서 뜨거운 눈
물이 흘러내렸다.

＊　　　　＊　　　　＊

"호법님."

쉴 틈도 없던 강행군에 조금은 지쳐 있던 당학운은 길지 않
은 휴식 시간을 방해 받았기 때문인지 그다지 표정이 좋지 않
았다.

"무슨 일이냐?"

다소 까칠한 음성에 그를 찾아온 이자섬(李慈暹)이 약간은
긴장된 표정으로 물었다. 함께 온 사마요(司馬謠)는 아예 멀
찌감치 서 있었다.

"혹 비연이란 자를 아십니까?"

"비연?"

"예."

곰곰이 생각을 해봤지만 기억에 없는 이름이었다.

"잘 모르겠군. 한데 무슨 일인가?"

"자신을 비연이라 밝힌 청년이 호법님을 찾아왔습니다. 호
법님께 전할 말이 있다고 하는데 이 깊은 산중에 홀로 찾아온

것도 그렇고 아무래도 행동이 수상쩍어 일단 구금을 했습니다."

"나를 찾았단 말이냐?"

"예."

"흠. 이상한 일이로군."

고개를 갸웃거리던 당학운이 그래도 혹시 몰라 다시 질문을 던졌다.

"비연이란 청년이 다른 말을 하지는 않더냐?"

"별다른 말은 없었던 것으로 압니다. 아, 그러고 보니 물과 산에서 노니느라 아주 곤혹스럽다는 친구 분께서 보냈다고 하더군요. 뭔 소린지 모르겠지만 아무튼 그렇게 들은 것 같습니다."

"물과 산에서?"

더욱 이상한 말이었다.

'물과 산에서 노닌다라. 대체 무슨 뜻일까?'

당학운이 별다른 말이 없자 그를 찾아온 이자섭은 괜한 일로 당학운의 심기를 불편하게 했다는 생각에 공손히 머리를 숙였다.

눈짓을 주고받은 사마요가 먼저 자리를 떴다.

"호법님께선 모르는 자라고 단주님께 보고하겠습니다."

이자섭의 반응과는 상관없이 당학운은 뭔가가 머릿속을

떠다닌다는 느낌을 받았다.

'물과 산이라……'

불현듯 어떤 생각이 머리를 스쳤다.

"이 멍청한!"

당학운이 벌떡 일어나며 소리를 질렀다.

"예?"

조용히 물러나려던 이자섬은 갑작스런 당학운의 호통에 당황하는 모습이 역력했다. 잠깐 동안 휴식을 방해한 것에 이토록 역정을 낼 줄은 상상도 못한 것이다.

"휴, 휴식을 취하시는데 죄, 죄송합니다, 호법님. 얼른 물러가겠습니다."

"네게 한 말이 아니다. 지금 어디에 있느냐?"

"누구를 말씀하시는 건지요?"

"그 비연이란 청년 말이다."

"금검단주가 구금하여 심문하고 있습니다."

당학운의 얼굴이 확 변했다.

"당장 이리 불러오너라. 아니다. 노부가 가마. 어디냐? 어서 안내하거라."

이자섬을 앞세우고 황급히 걸음을 옮기는 당학운의 표정은 실로 다급해 보였다.

비연이 구금되어 있다는 장소에 단숨에 도착한 당학운은

그를 매섭게 심문하고 있는 금검단주를 말렸다.

"그만두게. 노부를 찾아온 손님에게 무슨 짓인가?"

지난 사사천교와의 싸움에서 함께 생사고락을 함께한 금검단주 용철환은 최근 들어서도 당학운과 좋은 관계를 유지하고 있었다.

"어서 오십시오, 호법님. 놈의, 아니, 이 친구의 말이 사실이었습니까? 방금 전, 수하의 보고에 따르면 모르는 자라고……."

"실수였네. 몸이 피곤해서 그런지 내 잠시 기억을 하지 못했어. 하지만 이 청년은 노부의 괴짜 친구가 보낸 아이가 틀림없네. 비연이라 했느냐?"

점혈을 당한 채 무릎을 꿇고 있던 비연이 공손히 대답했다.

"예."

"그 친구가 새롭게 제자를 두었다고 하더니만 바로 너로구나. 노부를 찾기가 쉽지는 않았을 텐데 용케도 따라왔구나."

"천무장에 들렀다가 떠나셨다는 말을 듣고 곧바로 달려왔습니다."

"가깝지 않은 거리였거늘. 고생이 많았다. 그래, 대체 무슨 일이기에 그 친구가 너를 이곳까지……."

질문을 하던 당학운이 용철환을 바라보았다.

"아무래도 사적인 이야기가 될 듯싶군. 잠시 자리 좀 비켜주겠나? 아니면 내 이 아이를 데리고 감세."

"저희가 자리를 비켜드리겠습니다. 편히 이야기 나누시지요."

당학운은 용철환과 그 수하들의 기척이 사라진 이후에야 비로소 입을 열었다.

"장강수로맹에서 온 것이냐?"

"그렇습니다."

따지자면 하오문 최고의 요원이었지만 그걸 설명한 필요는 없었다.

"이렇듯 무리를 해서 따라왔다면 분명 큰일이 있는 모양이구나."

"그렇습니다. 맹주께선……."

잠시 손을 들어 말을 멈추게 한 당학운은 다시금 주변을 살핀 뒤에야 비로소 고개를 끄덕였다.

"맹주께서 제게 전서구를 보내셔서 어르신께 장군가, 아니, 천추세가에 대한 전모를 밝히라는 밀명을 내리셨습니다."

"천추… 세가?"

당학운이 의혹 어린 시선을 보내자 비연은 당학운이 정무맹주를 따라 천무장을 나선 뒤부터 정오에 벌어진 일련의 사건을 빠르게 정리해서 설명했다.

정오에 있었던 일은 그가 직접 확인한 사안이 아니었고 다른 정보원들과 유대웅의 전서를 통해서 알게 된 사실이었지만 마치 그곳에서 지켜본 듯 사실감 있게 전달했다.

시시각각으로 변하는 당학운의 얼굴.

모든 설명이 끝났을 때 당학운의 얼굴은 깊을 분노로 일그러져 있었다.

"결국 우리는 놈들의 손에서 제대로 놀아났다는 말이군."

"그렇습니다."

"우리를 돕기 위해 나선 천무장 놈들 또한 뒤통수를 치기 위한 놈들의 기만술일 뿐이고."

"예."

"망할 놈들!"

당학운은 치미는 분노를 다스리기 위해 몇 번이고 심호흡을 해야 했다.

"그래서, 맹주가 원하는 것이 무엇이더냐?"

"최대한 시간을 끌어달라고 하셨습니다."

"시간을 끌어달라?"

"예. 맹주께선 현재 황하련, 하북팽가, 당가와 손을 잡고 천추세가의 이목에서 완전히 벗어나셨습니다."

"본가도 함께 움직이고 있더냐?"

당학운이 떨리는 음성으로 물었다.

"그렇습니다."

"다행이로고."

내색은 하지 않았지만 각 길목마다 적들이 매복을 하고 있다는 말에 얼마나 걱정을 했던가.

유대웅과 함께 있다니 그나마 한시름 놓았다.

"현재는 정무맹을 돕기 위해 이쪽으로 이동 중이십니다. 다만 워낙 늦게 움직이시는 바람에 거리 차가 상당합니다."

"그렇겠지. 놈들의 매복 예상 지점이 백학령(白鶴嶺)이라고 했던가?"

"그렇게 알고 있습니다."

"곤란하군. 백학령이라면 한 시진 거리도 되지 않아."

초조함에 어쩔 줄을 몰라 하던 당학운이 다시 물었다.

"맹주가 도착하려면 시간이 얼마나 걸리겠느냐?"

"아무리 빨리 잡아도 세 시진 이내엔 절대 불가능합니다."

"큰일이군. 이제 곧 출발을 할 터인데."

"최대한 시간을 끄셔야 합니다."

"차라리 놈들을 공격하는 것이……."

"안 됩니다."

비연이 단호히 고개를 저었다.

"천무장이 지원을 선언한 다음 많은 군소문파가 정무맹에 합류했습니다. 저희의 분석으론 그들 중 상당수가 천추세가와 연관되어 있습니다. 누가 적인지 아군인지도 모르는 상황에서 싸움을 시작해선 낭패를 보기 쉽습니다."

"하지만 그건 맹주가 도착을 해도 변하지 않는 사실이 아니더냐?"

"그렇긴 하지만 맹주께서 도착을 하시면 정체가 확실하지 않은 군소문파의 도움이 없이도 이곳에 있는 천추세가 병력 정도는 상대하실 수 있다는 차이점이 있지요."

비연의 말에 일리가 있다고 여긴 당학운이 크게 고개를 끄덕이며 인정을 했다.

"결국 문제는 어떻게 시간을 끄느냐는 것이로군. 아무래도 노부 혼자로서는 무리지 싶……."

당학운이 갑자기 입을 다물었다.

그들을 향해 조심스레 접근하는 인기척을 감지한 것이다.

"누구냐?"

당학운이 싸늘히 물었다.

나무 뒤에서 한 사내가 모습을 드러냈다.

그가 천무장의 석단(錫緞)임을 확인한 당학운이 자신도 모르게 주먹을 움켜쥐었다.

"죄송합니다. 제가 본의 아니게 두 분 대화를 방해하였군요."

"무슨 일인가?"

"금검단에 수상한 자가 사로잡혔다는 말을 듣고 와봤습니다. 혹여 장군가의 첩자는 아닌가 하는 말들이 있어서요."

당학운은 뻔히 보이는 수작에 코웃음을 쳤다.

"보다시피 개인적인 인연으로 노부를 찾아온 아이라네. 친우의 제자지."

"아, 그렇군요. 혹 그 친구 분의 성함이 어찌 되시는지 알 수 있을까요?"

"이상하군. 자네가 그걸 알아서 무엇을 하려는 건가?"

당학운이 노골적으로 불쾌감을 드러냈다.

"주제넘었다면 죄송합니다. 상황이 상황인지라 저희 쪽에서도 다소 신경이 곤두서 있어서. 실수를 용서해 주십시오."

석단이 정중히 사과를 하자 당학운도 더 이상 화를 낼 수는 없었다.

"이해하네. 솔직히 요즘 분위기가 그렇지. 누가 친구고 적인지 알 수가 없어."

"이해해 주신다니 감사합니다."

"어쨌든 큰 문제가 없는 것으로 확인이 되었으면 자리를 좀 비켜주겠나? 아직 못한 말들이 있다네. 워낙 사적인 얘기라서 다른 사람들이 있는 곳에서 얘기하기가 조금 거북하군."

묘한 눈빛으로 당학운과 비연을 바라보던 석단이 이내 고개를 숙였다.

"알겠습니다. 이만 물러나겠습니다."

석단은 더없이 정중한 자세로 인사를 하며 자리를 벗어났다.

그의 기척이 완전히 사라지는 것을 느낀 당학운이 입을 열었다.

"보았느냐?"

"예."

"참으로 영악한 놈이 아니더냐? 그 짧은 시간에 얼마나 눈동자를 굴려대던지."

"의심의 눈길이 확연했습니다."

"아무래도 그렇겠지. 제놈들이 한 짓이 있으니. 아무튼 뭔가 방법을 강구해 봐야겠다."

"조심하셔야 할 겁니다. 여차하면 기습적으로 공격을 할 수도 있습니다."

"음."

충분히 위험성을 인지한 당학운이 무거운 표정으로 고개를 끄덕였다.


"확인했느냐?"

섬전귀 번창의 물음에 당학운과 비연을 만나고 온 석단이 고개를 흔들었다.

"확인하지 못했습니다. 하지만 뭔가 이상한 것은 틀림없습니다."

"뭐가 이상하단 말이냐?"

"당학운이 저를 보는 눈빛이 이상했습니다. 잠시 잠깐이었지만 적의가 가득했습니다."

"적의라……."

천무장의 병력을 이끌고 있는 사도연이 한층 신중한 얼굴로 주변을 돌아보았다.

"저들이 우리의 의도를 눈치챈 것은 아닌지 모르겠습니다."

"그럴지도 모르지. 화산파의 청풍인가 뭔가 하는 놈은 벌써부터 알아차리지 않았던가. 다른 놈들이 외면해서 그렇지."

개욱이 얼굴 가득 비웃음을 흘렸다.

"조금 전 날아온 전서구에 따르면 천추세가가 드디어 세상에 모습을 드러냈다고 합니다."

사도연의 말에 번창이 고개를 갸웃거렸다.

"너무 성급한 것 아닐까? 장에 남아 있던 자들의 수가 만만치 않았을 터인데. 별문제는 없었는지 모르겠군."

"문제가 있을 턱이 있나? 살아 있기나 하면 다행이지."

개욱이 괴소를 터뜨리며 말했다.

"어쨌든 조금 곤란하게 되었습니다. 천무장의 일이 저들에게 알려졌다면 백학령이 아니라 당장 싸움이 벌어질 수도 있습니다."

오자인의 말에 섬전귀와 개욱이 고개를 끄덕였다.

"그럴 수도 있겠군."

"상관없잖아. 그냥 박살 내버리면 되는 것이지."

"장주님도 너무하셨습니다. 조금 늦게 일을 벌이시면 별문제 없이 끝나는 일이건만. 이렇게 되면 괜히 힘만 뺀 셈이군요."

천무장을 출발해서 지금까지 미리 준비된 서너 번의 암습을 무사히 격퇴하여 정무맹 사람들로부터 확고한 믿음을 얻어낸 문일청이 허탈하게 웃었다.

소숙으로부터 장주가 서둘러 일을 벌일 것이라는 말을 전해 듣고 그에 대한 대책도 미리 세우는 것이 좋겠다는 말을 들은 사도연은 괜시리 미안한 마음에 연신 헛기침을 해댔다.

"어쨌든 상황이 이리 되었으니 우리는 우리가 할 수 있는 한에서 미리 준비하는 것이 좋겠습니다. 석단."

"예. 어르신."

"백학령으로 연락을 해서 이쪽으로 이동 준비를 하라고 하게. 여차하면 백학령이 아니라 그 이전에 공격을 시작해야

겠어."

"우리에게 포섭된 자들에게도 미리 얘기를 해야 하는 것입니까?"

"아니. 그럴 필요는 없네. 어차피 싸움이 시작되면 저절로 알게 될 것이고. 갑작스럽게 돌변해야 저들이 받는 충격도 더 커질 테니까."

사도연의 입가에 철검서생이라는 별호와는 전혀 어울리지 않는 살기 어린 미소가 감돌았다.

\*         \*         \*

'괴, 괴물 같은 놈!'

노도처럼 밀려드는 검기를 보는 공풍룡의 눈이 암담함으로 가득 찼다.

공풍룡이 갑작스레 나타난 유대웅을 상대한 것이 고작 반 각, 그 짧은 시간에 그는 지옥의 고통을 맛보았다.

처음 기세 좋게 공격을 한 것은 공풍룡이었다.

유대웅의 전신에서 느껴지는 심상치 않은 기운을 간파한 공풍룡은 신도중을 공격할 때와는 달리 처음부터 전력을 다해, 자신이 펼칠 수 있는 최고의 초식을 마구 뿌려댔다.

공풍룡의 창이 유대웅의 초천검과 정면으로 맞부딪치고

천지가 뒤집히는 굉음이 터져 나왔다.

그때까지만 해도 공풍룡은 유대웅이 충분히 싸워 볼 만한 상대라는 생각을 했다.

하지만 가만히 공격을 받아주던 유대웅이 처음으로 반격을 하면서, 들고 있던 창이 휘어지고 창을 통해 엄청난 압력이 전해지면서 자신이 얼마나 큰 착각을 하고 있었는지 뼈저리게 깨달을 수 있었다.

그 이후, 공풍룡은 아무것도 하지 못했다.

젖 먹던 힘까지 짜내 공격을 해도, 구명절초는 물론이고 심지어 동귀어진을 각오하며 공격을 펼쳐도 유대웅의 털끝 하나도 건드리지 못했다.

더 이상 버티지 못한 공풍룡이 미리 대기를 하고 있던 수하들에게 합공을 명했지만 그것은 유대웅의 살심을 자극한 최악의 악수였다.

유대웅은 그때부터 마음껏 살수를 뿌려대기 시작했다.

화산파의 무공이 아니라 오랜만에 사용하는 패왕칠검의 위력에 나름 포위망을 구축하며 공격을 하려던 빙천기의 대원들이 추풍낙엽처럼 떨어져 나갔다.

일검에 서너 명씩 숨이 끊어지는 광경을 확인한 공풍룡은 극도의 공포감에 숨도 제대로 쉬지 못했다.

신도세가와 천왕문을 공격하던 이들의 상황도 가히 좋지

않았다.

유대웅이 공풍룡과 막 싸움을 시작할 때 도착을 한 화산파와 당가, 팽가, 황하련의 무인들은 끔찍한 모습으로 널브러진 신도세가와 천왕문의 식솔들을 보며 분기탱천하였다.

특히 부친의 손을 잡고 개파대전을 구경하러 왔다가 싸늘한 시신으로 변해 버린 한 꼬마의 모습에 청우의 분노가 폭발했다.

비록 구부러진 등에 앙상하게 마른 몸이었지만 화산검선의 첫 번째 제자가 바로 청우였다.

빙천기가 사사천교에서 최고의 정예라 칭해졌지만 애당초 수준이 달랐다.

그 누구도 청우의 일검을 제대로 받아내질 못했다.

빙천기의 대원들은 청우의 검이 행여나 자신에게 향할까 전전긍긍하며 이리저리 휘둘리기 바쁠 뿐 역공은 아예 생각도 하지 못했다.

사사천교와 악연이 깊었던 화산파 제자들의 활약도 대단했다.

사사천교에 대한 원한이 가득했던 그들은 검을 휘두르는 데 주저함이 없었다.

게다가 유대웅으로부터 시작한 실전과도 같은 훈련 덕에 일취월장한 실력은 몇 되지 않는 인원으로도 몇 배나 되는 적을 압도하게 만들었다.

물론 당가와 황하련, 팽가도 손을 놓고 있었던 것은 아니었다.

당가는 암기와 독을 이용해 가장 효과적이고 빠르게 적을 제거해 나갔고 다소 실력이 떨어졌던 황하련과 팽가에 약간의 피해가 발생하기는 했지만 그 정도는 무시해도 좋을 만한 수준이었다.

근 백오십에 달했던 빙천기의 병력이 절반으로, 그리고 다시 그 절반으로 줄어드는 것은 순식간이었다.

마침내 단 한 명의 대원도 남아 있지 않을 때 지금껏 사정을 봐주었던 유대웅의 검이 공풍룡의 발목을 잘랐다.

외마디 비명과 함께 힘없이 무너지는 공풍룡.

그가 넘어진 곳에 힘겹게 숨을 몰아쉬고 있는 신도중이 있었다.

"히끅!"

공풍룡이 기겁을 하며 도망을 치려 하였지만 발목이 잘린 상태라 그마저도 여의치 않았고 어느 샌가 날아든 칼이 그의 사지를 땅바닥에 고정시켰다.

복수의 시간.

공풍룡을 향해 붉은 피를 잔뜩 머금은 칼 하나가 다가왔다.

신도중이 식솔 중 한 명의 도움을 받아 마지막 기력을 낸 것이었다.

느릿느릿 다가온 칼이 공풍룡의 심장을 파고들기 시작했다.

공풍룡은 고통과 두려움으로 두 눈을 부릅뜬 채 미친 듯이 고개를 흔들었다.

푸욱!

섬뜩한 소리와 함께 공풍룡의 심장 깊숙이 칼이 박혔다.

괴성을 지르던 공풍룡의 동공이 더없이 확장을 하다 조금씩 쪼그라들었다.

공풍룡의 숨이 끊어지는 순간, 믿을 수 없는 힘으로 최후의 일격을 가하면서 복수를 마친 신도중도 천천히 눈을 감았다.

유대웅은 눈을 감기 전 신도중이 자신에게 진심으로 고마워하는 눈빛을 보냈음을 느낄 수 있었다.

조금만 빨리 도착을 했다면 구할 수 있었던 목숨이었다.

"후~"

한숨을 내뱉으며 고개를 들었다.

구름 한 점 없는 푸른 하늘 위로 새 한 마리가 부드럽게 유영하고 있었다.


\*　　　\*　　　\*

"그들에게 빙천기가 당했습니다."

수하의 보고에 말에서 내려 한가로이 주변 풍경을 바라보던 한호의 입가에 미소가 지어졌다.

"어느 쪽이더냐?"

"방향을 보면 정무맹주를 뒤따르는 것 같습니다."

천검 대신 잠혼을 이끌고 있는 서열(徐烈)이 공손히 대답했다.

그런 서열의 어깨 위, 검은색 윤기가 자르르 흐르는 매 한 마리가 앉아 있었다.

"어디로 사라졌나 했는데 바로 그곳에 있었군."

한호의 입가에 걸린 미소가 더욱 짙어졌다.

"철검서생에게 일단 저들의 존재를 알려 주도록 하고."

"예."

"우리도 바로 따라붙는다. 방향을 잡아라."

"존명!"

대답과 함께 서열이 곧바로 매를 날렸다.

하늘 높이 치솟은 매가 일행의 머리 위에서 잠시 동안 유영을 하더니 서쪽 방향으로 날아가기 시작했다.

말 위에 오른 한호가 매가 움직이는 방향을 바라보며 조용히 읊조렸다.

"기다리게나. 내 곧 가지."

한호가 고삐를 낚아채자 힘차게 투레질을 한 백마가 바람을 가르며 내달리기 시작했다.

『장강삼협』 13권에 계속…

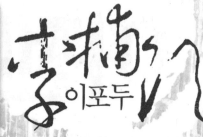

面王耳体

# 면왕 백리휴

FANTASTIC ORIENTAL HEROES

무진등 新무협 판타지 소설

'맛있는' 무협이 펼쳐진다!

가문의 선조가 남긴 비서
'백리면요결(百里麵要訣)'
모든 이야기는 이 서책으로부터 시작되었다.

## 『면왕 백리휴』

면요리의 극의를 알고자 하는 자,
모두 나에게로 오라!

Book Publishing CHUNGEORAM

유행이 아닌 자유추구 -
WWW.chungeoram.com